KB246914

전업주부는 언제 은퇴해요?

전업주부는 언제 은퇴해요?

엄마에서 나로 돌아오는 가깝고도 먼 여정

초 판 1쇄 2025년 12월 24일

지은이 김정은
펴낸이 류종렬

펴낸곳 미다스북스
본부장 임종익
편집장 이다경, 김가영
디자인 임인영, 윤가희
책임진행 김은진, 이예나, 김요섭, 안채원, 국소리

등록 2001년 3월 21일 제2001-000040호
주소 서울시 마포구 양화로 133 서교타워 711호
전화 02) 322-7802~3
팩스 02) 6007-1845
블로그 http://blog.naver.com/midasbooks
전자주소 midasbooks@hanmail.net
페이스북 https://www.facebook.com/midasbooks425
인스타그램 https://www.instagram.com/midasbooks

ⓒ 김정은, 미다스북스 2025, *Printed in Korea*.

ISBN 979-11-7355-631-9 03810

값 18,000원

※ 파본은 구입하신 서점에서 교환해드립니다.
※ 이 책에 실린 모든 콘텐츠는 미다스북스가 저작권자와의 계약에 따라 발행한 것이므로 인
  용하시거나 참고하실 경우 반드시 본사의 허락을 받으셔야 합니다.

미다스북스는 다음세대에게 필요한 지혜와 교양을 생각합니다.

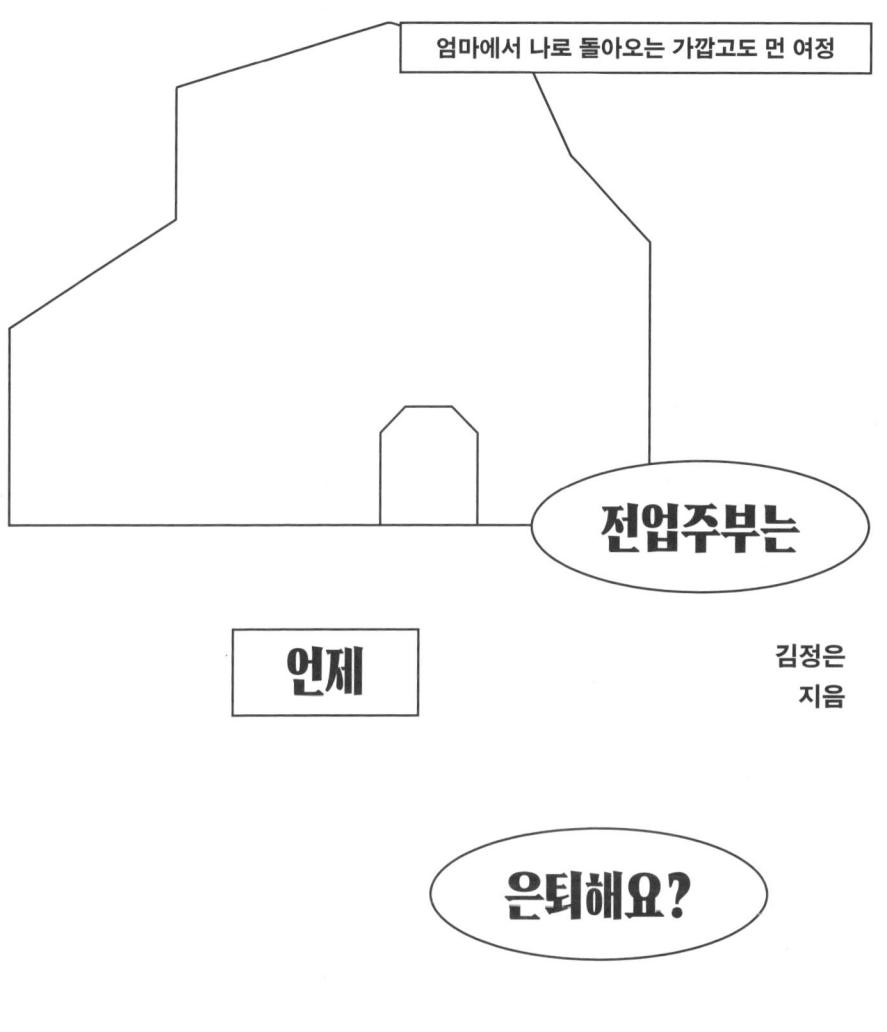

엄마에서 나로 돌아오는 가깝고도 먼 여정

전업주부는

언제

김정은
지음

은퇴해요?

"엄마와 주부라는 이름 너머,
이제 나로 살아가려 합니다."

미다스북스

3장
기웃기웃 사람산책

4장
엄마 은퇴일기

길을 나서며

일러두기

단행본, 정기간행물은 겹낫표(『』)로, 논문이나 단편의 글은 홑낫표(「」)로, 영화명은 화살괄호(〈〉)로 묶었습니다.

외국 인명, 장소 등의 외래어 표기는 국립국어원의 외래어 표기법을 따르되, 예외를 두었습니다.

스스로
행복한 엄마

이 책은 마음속에 늘 메아리치던 두 개의 물음으로부터 출발했다. '엄마는 어떻게 살아야 할까?'라는 철학적 질문과 더불어, '전업주부도 은퇴할 수 있을까?' 하는 아주 오래된 질문에서였다. 나에게도 유난히 가족 안에서 혼자 섬처럼 고립되어 있다고 느끼던 시절이 있었다. 엄마라는 자리는 늘 분주하면서도 막막하다. 육아 초기의 한바탕 폭풍이 지나간 뒤에도 할 일은 줄어들지 않고 다른 일거리로 번졌다. 아이 삶에 얼마만큼 개입되어야 하는지, 어떻게 도와주는 게 좋을지 몰라 서성대기만 했다. 돌아갈 수 없을 만큼 사회와의 연결은 희미해지고, 맴맴 도는 일상의 굴레는 어느 순간 보이지 않는 새장처럼 느껴졌다.

전업주부인 친구는 이렇게 한탄했다.

"이제는 엄마가 해 주던 역할도 아웃소싱(outsourcing) 되어 가는 걸 느껴. 집안일은 도움 서비스나 인공지능 기계가 맡고,

아이 교육은 학교와 학원에서 해 주고, 생활에 필요한 노동은 대부분 비용만 내면 해결할 수 있을 테니 말이야. 그런 날이 와도 여전히 가족은 엄마가 집에 있는 게 좋다고 생각할까?"

나이 먹은 엄마들의 하소연도 들렸다.

"요즘 엄마 노릇은 자식 환갑까지 치러 줘야 겨우 끝난다더라."

자식이 듣는다면, 고마운 한편 무서울 수 있는 이야기겠다.

과거에는 현모양처가 이상적인 엄마 상이었는지 몰라도 지금은 아니다. 주부로서의 엄마 입지는 줄어드는 반면, 관여해야 하는 사회적 책무와 가짓수는 점차 늘어나고 있으니까. 이 와중에 부부 중 하나가 살림과 육아를 온전히 맡으려면 그에 따른 경제적 불이익까지 감수해야만 한다. 그러니 차라리 결혼을 포기하거나, 엄마 되기를 포기하는 사람이 늘어날 수밖에.

시대 변화에 맞게 엄마 역할을 재정의할 필요가 있다. 상황에 따라 가사노동이나, 경제 활동도 필요하지만, 그런 일과는 별개로 꼽을 수 있는 가장 근원적인 엄마 역할은 뭘까. 엄마라는 존재는 늘 가족 구성원의 마음을 살피고 전체가 잘 돌아가도록 수시로 균형을 맞추며 살아간다. 자녀에게도 마찬가지다. 성장에 따라서 주양육자에서 놀이 상대, 인생 선배, 재정후견인, 이야기 친구, 긴급 도우미, 마음의 고향 같은 역할로 끊임없이 변화한다.

엄마를 '가족 간 소통을 활성화하고 가족의 행복 총량을 높이는 관계 중추'라고 정의해 두면 어떨까. 결국 대체 불가한 역할은 여전히 가족 간의 관계를 조율하는 일일 테니까.

이럴 때 새삼 중요해지는 건 엄마의 행복 제조 능력이다. 본인 스스로 행복하지 않으면 관계를 이끌어 가기 어렵다. 많은 엄마가 가족을 위해 헌신한다면서 정작 자신의 행복은 미뤄둔다. 불행한 엄마가 가족에게 좋은 에너지를 줄 수 있을까? 늘 불안과 자책으로 우울하다면, 어쩔 수 없이 그런 기분이 자녀에게도 고스란히 스며든다. 명심하자. 엄마가 돌봐야 할 가족 안에는 '자기 자신'도 포함된다는 걸.

이 글은 그런 생각에 이르게 된 작가가, 기존의 역할과 부딪치며, 글을 노 삼아 방향을 잡고, 원하는 삶으로 나아가기 위해 끊임없이 도전한 끝에 엄마 너머의 삶에까지 이르게 되는 여정을 담아낸 기록이다. 일종의 '엄마의 독립·은퇴 연대기'라고도 부를 수 있겠다. 무슨 거창한 업적이나 사연을 남기자는 건 아니다. 그저 남들처럼 결혼해서 아이 낳고 세상 살며 나이 들어가는 우리 시대 평범한 엄마들의 심정과 고민을 대변하는 마음으로 썼다.

그렇게 얻은 엄마 너머의 삶은 이전보다 훨씬 자유로워졌다. 혼자 여행 다니며, 글을 쓰고, 강의도 하고, 필요할 땐 협업하면서 세상과 다시 어울리는 재미를 새록새록 알아가고 있다. 비록 옛날보다 젊은 기운이 쇠하고, 주름과 흰머리가 늘고, 뱃살이 두둑한 여자 사람이 되었지만, 가족의 관제탑이 되어야 한다는 강박에서 놓여나니 그 얼마나 홀가분하던지. 이제야 조금씩 나에게 돌아오는 기분이다.

만나는 사람이 다양해질수록, 그들과 진솔한 대화를 나눌수록 내가 포용할 수 있는 세상도 조금씩 넓어지고 있다. 혼자만의 억울함에 휩싸여 있을 때는 남들의 입장을 미처 헤아리지 못했다. 엄마라는 역할을 벗어놓으니 그제야 남편도, 딸도, 아들도 인생을 함께 걷는 동료처럼 다시 보이기 시작한다. 남은 날은 그렇게 서로 속내를 잘 아는 어른 친구로 담담하게 늙어갈 수 있기를 소망한다.

엄마에서 나로 돌아오는 여정을 네 개의 장으로 나눴다.

1장은 아이 성장에 따라 시작된 엄마의 갈등에서 출발하여 사회적으로 다시 연결되기 위한 다양한 모색과 도전에 관한 이야기다. 미래를 위한 훈련과 경험 속에서 깨우쳐 가는 과정을 엿볼 수 있다.

2장은 본격적인 프리랜서로 활동하면서 엄마학교협동조합 대표로 시도했던 다양한 실험과 활동의 이모저모를 기록했다. 엄마 콘텐츠를 활용하며 만들어 낸 아이디어가 누군가에 닿아

전업주부는 언제 은퇴해요?

좀 더 발전되기를 기대한다.

3장은 '엄마 경력으로 자기 일을 찾은 선배 주부'라는 제목으로 당사자 연구를 진행하면서 인터뷰한 열 명의 서로 다른 엄마 이야기를 모았다. 가족을 돌보면서 자신의 관심 주제를 놓지 않고 나만의 일로 만들어 가게 된 과정에 귀 기울이면서, 엄마 경력이 어떻게 활용될 수 있는지 물었다.

4장은 일과 놀이의 경계가 희미해진 엄마 너머의 삶 속에서 생기는 일상 소회와 가족 간의 에피소드를 담았다. 나이 들며 조금씩 유연해지고 젊을 땐 보이지 않던 것들이 보이게 되면, 어느 때부터는 말이나 글로 딱 부러지게 단정할 수 없는 삶의 모순들과 마주하게 된다. 삶이란 게 이렇게 헤어날 수 없는 모호함으로 가득한 것인지 돌아보는 생각 산책이다.

애초에 정답이 있을 수 없는 문제다. 하지만 나와 같은 의문을 품고 변화를 갈망하면서도 가까운 사람에게 상처 주기 싫어 모든 것을 감내해 온 분들에게는, 그 길을 먼저 헤쳐온 사람이 들려주는 솔직한 경험담이 조금은 시원한 격려가 되지 않을까 한다. 무거운 책임감으로 막막한 엄마들, 삶의 전환점에서 나만의 일을 찾아보려는 후배들, 결혼과 육아 속에서 자신을 잃어버릴까 두려워하는 젊은이들에게 작은 위로와 용기가 되길 바란다.

1장 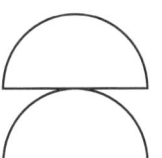 글을 노 삼아

**글 짓는 주부로 살며
엄마 너머의 삶을 준비하는
성장과 탐색의 과정들**

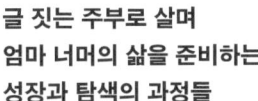

나를 위한
글쓰기

세상이 미웠다. 매뉴얼도 없고, 참고 자료도 없으며, 스펙 한 줄 안 남는 집안일을 하느라 당장 나부터 죽을 판이었다. 왜 세상은 이렇게 아무 대가 없이 힘들게 사람을 낳고 키우고 돌보려는 엄마들 편에 서주는 법이 없을까. 별 소용도 없는 걸 기어이 소비하라며 꼬시고, 헌신적인 엄마와 비교하며 죄의식을 심어주고, 방법이 있다면서 가르치려고만 할까. 그런 종류의 억울함으로 날마다 부글거렸다.

해결책을 찾으려고 시간만 나면 주위를 기웃댔다. 책도 읽어보고, 이웃 이야기도 들어보고, 전문가 조언도 들었지만, 딱히 뾰족한 수가 없었다. 그럴 수밖에 없었다. 당시에는 폭풍우 치는 바깥 상황보다 그 안에서 회오리치는 내 마음이 더 문제였으니까.

그렇게 정신없는 신혼과 육아기를 보낸 결혼생활 십여 년 차, 비슷비슷해진 엄마들의 불안이 나에게도 찾아들었다. 나라는 개인이 '엄마'라는 보통명사 안으로 사라지고 있다는 안타까운 자각이었다. 내 엄마보다 더 좋은 엄마가 되려고 직장까지 그만두고 전업주부가 되었건만, 결혼생활 십 년 만에 스스로 뭘 좋아하는지 싫어하는지도 모르는 무색무취한 존재가 되어 있었다.

나는 애초 어떤 사람이었을까? 왜 여기에 왔고, 또 어디로 가려고 태어난 사람일까? 막연히 꿈꾸던 미래, 아름다운 사랑을 이끌며 좋은 아내와 좋은 엄마로 살아 보고 싶었지만, 그 '좋은'이란 막연한 형용사 안에는 과연 어떤 의미가 담겨 있었을까?

세세히 따져 보지도 못한 채 여기까지 떠밀려 와 있었다. 그러다 불현듯 어디서 들었던 말 한마디가 떠올랐다. "하느님은 아무리 간절한 기도도 내용이 애매하면 못 들어준대. 어떻게 해 달라는 건지 도무지 이해가 안 되니까!" 뜨끔했다. 나 역시 그랬다. 주관적이고도 모호한 꿈을 막연하게 품고, 마음대로 되지 않는 세상에 불평과 불만만 일삼고 있었다.

그래, 이제부터는 하나님만이라도 잘 이해할 수 있게 내 삶의 기도를 구체적으로 다듬어 보자. 무엇을 원하는지, 어떻게 살면서, 어디로 가고 싶은지. 목표가 선명해지면 거기 도달할 방법도 쉽게 찾겠지.

그런 결심으로 시간 날 때마다 내 안의 고민과 울화를 마주 보며 글을 썼다. 캄캄한 삶의 바다에서 글을 노 삼아 마음의 별을 찾아 헤맸다. 쓰는 것만으로도 위안이 되었다. 생각해 보니 대화다운 대화를 했던 때가 언제였는지 까마득했다. 마음 터놓고 배 두드리며 천진난만하게 깔깔대던 어린 날도, 밤새워 읽은 책을 놓고 토론에 열을 올리던 젊은 날도 어느새 희미해져 있었다.

아이 키우면서는 '까꿍' 아니면 '지지' 같은 말 같지 않은 말, 주부들과는 쇼핑 정보나 살림 잡담, 가족과는 '먹어라' '치워라' '조심해라' '일찍 와라' 정도의 생활 대화가 전부였으니 크게 잘못된 일이 없어도 답답증이 쌓일 수밖에.

딸 부잣집의 웃음과 수다에서 길러진 표현 능력으로 언제나 사람들과의 관계 속에서 빛을 발하던 내가, 이렇게 빈곤한 언어생활 안에서 고립무원의 외로움을 느끼며 살게 될 줄 그 누가 알았으랴? 그때 느꼈다. 대화답지 않은 대화는 아무리 많이 해도 거품을 먹는 것처럼 사람을 허기지게 한다는 사실을.

그즈음 인터넷이 상용화되면서 일반인도 컴퓨터로 글을 쓸 수 있는 개인 블로그 서비스가 생기기 시작했다. 비슷한 처지였던 문학소녀 엄마들이 인터넷 공간으로 대거 진입했다. 일부러 누군가를 만나지 않고도 내 집안에 앉아 세상 사람들과 다른 방식으로 연결될 수 있다는 것이 신기하기만 했다.

블로그에 쓰는 이야기는 대부분 일기처럼 혼잣말에 가까웠다. 그럼에도 언젠가는 누군가의 마음에 닿을 수도 있다는 막연한 기대가 그 시절의 외로움을 견디게 했다. 누군가 꼭 읽어 주지 않아도 좋았다. 뭔가 말다운 말, 생각다운 생각이 내 머릿속에 정렬되어 살아 움직이는 걸 느끼는 것만으로도 힘이 되었다.

조각 노트

양질의 커뮤니케이션으로 생각을 키우고 싶은 엄마를 위한 모임 제언

독서모임

글쓰기 외에도 친구들과 만나 책 읽고 토론하는 독서 클럽을 자주 만들었다. 함께할 사람이 없을 때는 전국적으로 네트워크를 가지고 지역에서 활동하는 '어린이 독서 연구회'나 '동화 읽는 어른'을 검색해 동네에서 열리는 모임에 나가봐도 좋다. 내 경우에는 전공을 살려 좀 더 전문성을 키운 후에, 아이들을 가르쳐 보려고 한우리독서운동본부의 '독서교육 아카데미'도 다녔다. 독서 지도 과정을 운영하는 데 필요한 노하우와 아이들의 교과 내용을 살펴볼 기회여서 많은 도움이 되었다. 요즘은 전문적인 유료 독서클럽도 많다. 본인의 관심 분야에 맞춰 다양한 방법으로 시도해 보길 권한다. 모임을 할 시간적 여유가 없으면 책을 읽은 후에 독후감을 써서 온라인으로 올리는 방법도 있다. 자기 환경과 성향에 맞춰 선택해 보자.

영어모임

영어 콤플렉스를 극복하고 싶어 영어 능력자 엄마들을 모아 매주 영어 소설책을 읽는 모임을 만들었다. 영어가 서툴러 고민하는 엄마에게는 매일 아침 전화로 기초 회화 과정 파트너 구실을 해 준 적도 있다. 서로의 모자란 점을 나누고, 함께 공부하면서 성장하는 동기를 만들어 내는 것이 중요하다. 특히 엄마들은 자기 상황에 맞게 속도가 조절되는 맞춤형 공부를 원하는 경우가 많다. 마음만 먹으면 앱이나 유튜브로 누구나 공부할 수 있는 시대지만, 가족 이외의 사람과 자극을 주고받을 수 있는 공부 모임은 여전히 필요하다. 그런 도움을 함께 나눌 사람이 있는지 주위를 둘러보자.

대화모임

뻔한 수다가 반복되는 모임이라도 조금씩 주제를 업그레이드하면서 대화 기술을 높일 수 있다. 자주 만나 일상 이야기를 나누던 한 동네 엄마는 모임 덕분에 본인의 언어 능력이 점점 향상되고 있다면서, 발표력과 표현력이 부족한 자기 아이도 지도해 달라고 부탁한 적이 있다. 말로 하는 교육은 가정에서 쉽게 할 수 있는 모든 교육의 시발점이다. 글로 쓰기 전에 말로 해 보면 좀 더 편하게 생각을 가다듬을 기회가 된다. 나중에 만든 '시니어를 위한 토크클럽'이나 '엄마를 위한 이야기파티' 프로그램도 이런 경

험이 토대가 되었다. 매일 하는 일상 수다를 좀 더 나은 대화의
연습 기회로 삼아 보자.

세상 밖으로
한걸음

　남편 근무지를 따라 난생처음 지방으로 이사를 왔다. 외롭기도 했지만 그만큼 혼자 지낼 수 있는 시간이 많아졌다. 작은 아이까지 유치원에 보내고 나니, 이젠 전업주부라고 뻗대기도 무안할 만큼 시간적으로 여유로웠다. 조금씩 사회적인 연결 고리를 만들고 싶었다.

　마침 아파트 입구 게시판에 붙어 있는 동네 어린이 도서관 자원봉사자 모집 광고가 눈에 띄었다. 어린이 기자단을 이끌어 줄 간사 선생님을 찾는다는 내용이었다. 신문방송학 전공에 대형 출판사 편집기획실에서 일해 봤으니 나도 적임자일 수 있지 않을까. 며칠 고민하다 용기를 냈다.

　거절당하면 어쩌나 걱정했는데 다행히 젊은 도서관장이 반갑세 맞아 주었다. 시원사가 없어서 애태우는 중이었다니. 그곳은 아이들과 함께 책을 읽고 싶은 엄마들의 자원봉사로 운영되고 있는 신기한 도서관이었다. 어린이 독서교육에 뜻을 둔 도서관장이 먼저 장소를 얻은 후에 함께할 엄마를 모아 활동을 시작했다고 했다. 이렇게 적극적으로 자기 에너지를 보태 세상을 따뜻하게 하려는 사람들이 있다는 걸 체험하게 된 첫 현장이었다.

기자단 선생님이 되었다. 기자 모집으로 찾아온 아이들을 모아 매주 함께 기획 회의를 했다. 취재하는 방법도 알려 주고 기사 작성 방법도 가르쳤다. 아이들이 학교에 간 평일 오전에는 한글 컴퓨터를 배우러 다니기 시작했다. 아이들이 써 온 기사를 근사하게 편집해 주고 싶어서. 모든 기술은 모름지기 쓸 데가 있어야 배우게 되고, 자꾸 하다 보면 저절로 숙달되는 법. 써먹을 데가 생기니 나날이 실력이 늘었다. 자판도 어설픈 컴퓨터 초보자였지만, 어느덧 고난도 한글 편집도 수월해졌다.

한 달에 한 번은 신문 편집을 위해서 밤을 꼬박 새울 정도였다. 돈으로 보상받지 않아도 좋았다. 밤새 편집한 신문이 인쇄소를 거쳐 1,000부 뭉치로 도서관 문 앞에 배달되면 얼마나 흐뭇하던지. 그렇게 나온 신문을 학생 수만큼 들고 나가 직접 나눠줬던 기자단 아이들은 얼마나 더 뿌듯했을까. 요즘 세태와 비교하면, 제작 비용을 매번 사비로 후원했던 도서관장이나 학교 밖에서 만든 동네 신문을 전교생 친구와 나눠 보도록 허락하신 선생님들 모두 대단한 어른이었다.

이왕 일을 맡은 김에 나도 오마이뉴스 기자로 등록하고 글을 쓰기 시작했다. 지역 언론을 살리려는 민주언론연합 시민단체에도 가입했다. 매년 한 번씩 열리는 전국 연합세미나에 초청도 받았다. 주부로서 접하지 못한 다양한 주제와 각 지역의 소식을 골고루 들을 수 있는 흥미로운 행사였다. 무엇보다 이왕 배운 전공 지식을 무용지물로 만들지 않고 이렇게라도 활용할 수 있어서 좋았다.

무기력하던 일상에 활력이 생기기 시작했다. 맨날 만나는 사람과 같은 이야기만 반복하다가 우물 안 개구리가 될까 봐 불안했던 때라, 그 정도의 사회적 연결만으로도 안심이 됐다. 외지에서 어린 두 아이를 돌보며 할 수 있는 최대한의 활동 범위였다. 그나마 지방에 외떨어져 혼자 지내는 시간이 생기지 않았더라면 시도조차 못 해 봤을 일이었다.

소셜미디어에 꾸준하게 글을 쓰던 습관이 다양해진 활동 기록으로 발전하며 그에 관한 결과물도 쌓여갔다. 막연하던 미래도 글을 쓰는 동안 차츰 명료해졌다. 그렇게 누적된 경험이 나중에는 커뮤니티를 위한 미디어 운영, 기자단 교육, 신문이나 인쇄 편집, 기자로서 인터뷰나 취재, 여행작가 공동 저술 등의 여러 가지 일로도 확장되었다. 나를 바라보며 쓰기 시작했던 글이 결국은 바깥세상과 이어 주는 길을 만들어 준 셈이다.

모임공간
운영하기

　엄마들은 만나기만 하면 신세타령 끝에 뭔가 새롭게 시작하고 싶다는 말을 입버릇처럼 했다. 표리부동한 나의 민낯과도 다를 바 없었다. 분출되지 못한 전업주부들의 잠재 에너지가 이렇게 매일 수다와 한숨으로만 끝나버리는 현실이 아쉬웠다. 사람을 쉽게 초대하는 버릇 덕분에 우리 집은 수시로 동네 사랑방이 되는데, 아이들이 커감에 따라 분위기가 달라졌다. 어른들끼리 나누는 정제되지 않은 대화를 모르는 척 솔깃하게 듣는 아이들에게 슬슬 신경이 쓰이기 시작했다.

　이번 참에 아예 사업자를 내고 밖에서 일을 저질러 보면 어떨까. 매일 신세 한탄으로 끝나는 엄마들과 공동으로 공간을 운영하면서 현실적인 결과를 내고 싶었다. 과다 지출되는 아이 교육비를 덜어 자신을 위해 공부하고, 건전하게 만나고, 공간을 책임 운영하게 되면, 성장 발판을 마련할 수 있지 않을까. 당장 나 자신을 위해서도 절실하게 필요한 일이었다. 사회적으로 고립

전업주부는 언제 은퇴해요?

된 기분에서 만들었던 블로그 닉네임 '섬'을 활용해 이름도 지었다. '모임공간 섬'이라고.

고객 아니면 대접도 못 받는 아줌마들이 비경제 인구로 분류되어 끊임없이 손님처럼 밀려다니는 것보다 낫지 않을까. 출발단계에서는 아줌마 이익단체나, 동호회 활동도 괜찮을 것 같았다. 상상만으로는 바뀌는 게 없다. 실제로 해 봐야 얻는 것도 있으리라. 첫 난관은 공간을 얻을 비용 마련이었다. 아이들을 키우고 나면 대학원에 가려던 예산을 여기에 쓰기로 했다.

무조건 기분 좋은 곳이어야 했다. 공간 매력도를 높여야 나올 맛이 날 테니까. 소나무 정원이 내다보이는 번듯한 아파트 상가 1층을 계약한 후에 심혈을 기울여 근사하게 인테리어를 했다. 함께 할 다섯 명의 동네 주부를 모았다. 이들이 각자 한 달에 10~20만 원씩 공간 사용료를 내면 최소한 기본 월세는 충당할 수 있다는 계산에서였다.

전업주부 엄마는 직장인처럼 종일 시간을 낼 수 없다. 주에 하루씩만 요일별로 맡아 콘텐츠를 개발하는 방법으로 시너지를 내면 어떨까. 아이들 학원비가 성인 대상보다 한참 비싼 것은 ㄱ 안에 돌봄 노동비가 포함되어 있기 때문이다. 엄마가 싸게 배워서 직접 가르치면 경제적으로도 이득이고 본인 고유 영역도 생겨나니 일석이조(一石二鳥) 아닌가. 똑똑한 유휴 여성들의 잠재력을 믿었다. 이들의 시간과 정열을 모은다면, 못할 일이 없을 것 같았다.

엄마들끼리 아이디어도 폭발했다. 매주 다른 아버지들을 초빙해 아이들에게 직업 이야기를 들려주자거나, 유학 다녀온 아빠와 함께 어린이 시사 영어 프리토킹 클럽을 해 보자거나, 동네 어린이 기자단 활동과 같은, 마을 공동 교육으로도 참신한 기획이 많았다.

하지만 말로만 늘어놓는 꿈은 그냥 다 헛꿈이었다. 실행에 옮기려면 단계마다 책임을 맡을 사람이 필요했다. 사람을 모으고 일을 진행하려면 명확한 업무 지도와 경영 매뉴얼도 있어야만 한다. 협업 경영이란 그런 업무 구분이 정해진 다음에나 가능한 일이다. 그걸 무턱대고 모두가 주인인 것처럼 일일이 의논하며 방향을 잡으려고 하다 보니 합의할 일이 한두 개가 아니었다. 좋다고 달려들던 사람들도 막연한 계획 앞에서 엄두가 안 나는지 슬금슬금 사라졌다. 여럿이 모여야 이룰 수 있는 일을 혼자 꿈꾸고 낙관적인 상상으로 덜컥 일부터 저지른 내 탓이었다.

쓸데없는 에너지를 한참이나 탕진한 후에야, 장소 대여라는 원래의 컨셉만 살아남았다. 이용자들은 대부분 동네의 어린이 공부 팀이었다. 간혹 성경 모임, 학부모 독서 모임, 교수와 대학원생 그룹 수업, 이벤트나 파티 장소로 이용하는 사람들도 있어

전업주부는 언제 은퇴해요?

그런대로 현상 유지는 할 수 있었다.

그동안 간간이 집에서 열었던 어린이 신문반과 독서반 수업을 좀 더 본격적으로 운영해야 했다. 하지만 애초부터 염두에 두었던 아줌마들의 자기 계발 모임은 생각보다 난관이 많았다. 일상을 구속받기 싫어하는 엄마들을 모아 자율적으로 무언가를 해 내려면 그들을 유혹할 만한 뭔가가 더 있어야만 하는 모양이다.

고등교육을 받고 남녀가 평등하게 키워졌으되, 엄마가 되고 집사람이 되는 과정에서 사회와 유리된 채 살아가는 이 땅의 많은 여성들. 그들이 스스로 발전적인 자리를 되찾을 때, 우리 사회가 진짜 건전해질 수 있다고 믿었기에 그만두면서 많이 아쉬웠다.

이게 성공하면 전국 체인 주부 사랑방 모델로 확산할 수도 있지 않겠냐고, 내 딴엔 꽤나 장대한 꿈을 키웠는데 말이다. 무엇보다 온전히 살림을 맡은 입장에서, 1인 사업자로 혼자 북 치고 장구 치기에는 절대적 시간이 모자랐다. 뭐든 제대로 하려면 살림은 밀어두고 물불 안 가리며 총력으로 매진할 수 있어야만 했나 보다. 훌쩍.

꼬무작꼬무작 몇 년 바삐 돌아치다가 시간의 효율성을 생각하며 결국 접게 되었다. 그동안 아내의 몸부림을 참아 준 남편이 고마웠다. 실컷 놀다 온 사람처럼 무안하게 헛웃음만 지었다. '그래도 해 봤으니 괜찮아!'라고 되뇌며 쓰린 마음을 한참이나 다

독여야 했다. 그런 소용돌이를 겪고 나니 세상 모든 사업가가 참말로 위대해 보였다. 쉬운 게 어쩌면 이리 하나도 없을까.

삼 년 운영 후 정산해 보니 딱 대학원 교육비만큼 손해가 났다. 애꿎은 가방끈 늘리지 않고 그걸로 꼭 해 보고 싶었던 일을 저질러봤으니, 후회하지 않기로 했다. 인생 공부 비용이었다고 퉁칠 수밖에. 아닌 게 아니라 그동안 배운 것이 참으로 많았다. 특히나 부실한 콘텐츠로 섣불리 껍데기 욕심을 내면 유지비의 노예가 된다는 사실까지.

거기에 더해 이 공간을 운영하면서 주위로부터 내내 들었던 충고가 있었다. 남들보다 반걸음 정도 앞서야 경제적 이득도 따르는 거지, 매번 남을 이해시키고 설득해야 하는 정도라면 그건 이미 사업이 아니라 사회운동이라고. 그 말의 의미를 뼈저리게 체험한 시간이었다. 나라는 사람이 수입이나 영리보다는 사회적 아이디어와 메시지를 만드는 데 치중하는 방향성이 있다는 걸 객관적으로 인정하게 되었다고나 할까.

이때의 경험으로 나중에 인연을 맺게 된 지혜로운학교, 50플러스재단, 엄마학교협동조합에서는 좀 더 확실하게 활동 방향을 정할 수 있었다. 그런 의미로 보자면 세상 모든 경험은 쓸데없는 게 하나도 없는 거 같다.

전업주부는 언제 은퇴해요?

사무실 임대 전에 스스로 답해 봐야 하는 것들

1) 일을 하기 위해 사무실이 꼭 필요한 상황인가?

2) 일을 통해 얻으려는 구체적인 목표가 무엇인가?

3) 임대 비용을 충당할 수 있는 비즈니스 모델인가?

4) 일에 필요한 공간 크기와 시간 범위는 얼마인지?

5) 매출액이 없을 때 감당할 수 있는 최대 기간은?

6) 동업자와는 경제 권한과 책임 경계를 분명히 했나?

평생교육의
사다리

사람은 왜 끊임없이 배워야만 할까? 언제까지, 어떤 방식으로 배우는 게 좋을까? 이런 근원적인 의문은 아이러니하게도 학교를 졸업하고 어른이 되고 나서야 비로소 진지하게 떠올랐다. 넘치는 교육열에 시달리는 아이를 키울 때, 굳어진 지식을 자랑삼아 휘두르는 기성세대를 만날 때, 그리고 중요한 인생 문제 앞에서 정답을 찾지 못해 헤맬 때마다 배움에 대한 불신과 갈증이 동시에 밀려왔다.

틈날 때마다 문화센터 강의를 듣고, 동네 엄마들과 공부 모임도 꾸리고, 정기적인 독서 모임과 영어 공부도 이어 가 보았다. 하지만 아는 사람끼리 배우는 데에는 분명한 한계가 있었다. 그렇다고 뚜렷한 목적 없이 '배우는 즐거움'을 위해 시간과 비용을 들이기에는 살림을 맡은 주부의 주머니 사정이 빠듯했다. 아이에게는 과할 만큼 교육비를 쏟아붓는 사회에서 정작 자신의 배움에는 인색할 수밖에 없는 현실이라니.

그런 답답함을 품은 채 헤매던 어느 날, 우연히 '지혜로운학교'를 만났다. 첫 아이 입시를 겪고 난 뒤였다. 불안한 마음으로 곁에서 노심초사 지켜보는 일이 정작 공부하는 아이에게 도움이 되지 않는다는 사실을 인정하고, 차라리 내 공부나 해 보자는 마음이 막 움틀 때였다. 지인을 통해 희망제작소의 '행복설계아카데미'를 소개받아 참여했다. 지혜로운학교는 그 수료자들이 연구원과 함께 만들어 낸 평생교육 배움 공동체다. 세계적 U3A(University of the Third Age) 운동을 모델로 삼아, 은퇴 이후 서로의 지식과 경험을 나누며 사회적으로 고립되지 않게 살아가자는 철학이 담긴 곳이었다.

강사가 아닌 생활 속 선배로서, 전문가가 아닌 인생 동료로서 서로에게 배운다는 방식이 신선했다. 교육이란 지식의 전달만이 아니라, '함께 살아가는 기술'을 익히는 과정이기도 하니까. 어쩌면 '모임공간 섬'에서 엄마들과 꿈꾸던 일을 이곳에서 구현할 수 있겠다는 기대도 생겼다. 살아온 여정이 다를수록 배우는 지점도 더 넓어지지 않을까. 나는 기꺼이 운영위원으로 합류했다.

처음엔 블로그 운영 경험을 살려 홈페이지 카페 관리를 맡았다. 콘텐츠를 채우기 위해 강좌 현장을 취재하다 보니 자연스레 얻어듣는 배움이 많았다. 지혜로운학교 커뮤니티는 선생과 학생의 구분 없이 누구나 강좌를 열 수 있는 구조여서, 생활의 결을 따라가는 독특한 주제들이 많았다. 나 역시 강좌 개설을 권유받으며 은퇴 후의 부모님을 떠올렸다. 노년의 일상을 풍성하게 만들 수 있는 주제를 찾고 싶었다. 그렇게 만들어진 강좌가 '영화 함께 보실래요?', '토크 클럽', 'SNS 힐링 글쓰기', '1인 미디어, 블로그로 입문하라', '지혜로운 기자교실'이었다.

배움은 강의실 안에서만 이루어지는 것이 아니라 생활 속에서 시나브로 스며들며 자연스럽게 익혀가는 일이라는 내 믿음을 직접 실험해 본 시간이었다. 그 과정을 지나며 더 또렷하게 깨달았다. 배움이란 결코 끝나지 않는 삶의 기본 조건이라는 사실을. 살아가는 내내 자신만의 재미와 의미를 지켜가며 스스로를 다져나가는 일, 그 끝없는 여정 자체가 배움이며 동시에 인생이라는 것을.

이처럼 변화가 빠른 시대에서 평생교육은 이미 선택이 아니라 누구나 필수로 건너야만 하는 사다리였다.

조각 노트

자발적 평생교육 공동체 활동 알아보기

세계적인 U3A 운동 철학

U3A 운동은 "University of the Third Age"의 약자로, 주로 은퇴 후

인생 제3시대에 있는 사람들이 평생 학습을 통해 활기찬 노년을 보내는 것을 목표로 하는 국제적인 운동이다. 프랑스에서 시작되어 영국에서 더욱 발전된 U3A는 은퇴자들이 자발적으로 학습 동아리를 만들어 서로 가르치고 배우는 공동체 모델 방식을 제안한다. 자조 학습, 평생 학습, 활기찬 노년, 사회적 참여를 통해 조화로운 노년을 꿈꾸는 사람들이 세계 각지에서 자발적인 활동으로 함께한다. 배우고 가르치는 것을 즐겁게 여기고, 이를 통해 서로에게 유익한 사회적 관계를 만들어 가자는 취지다.

지혜로운학교-U3A서울

U3A 운동 정신을 모델로 은퇴자들이 스스로 서울 지역을 대상으로 만들어 낸 비영리민간단체. 2011년 창단 이래 지금까지 시니어들의 순수한 자원봉사로만 운영되고 있다. 상반기 하반기 두 차례에 걸쳐 강사와 수강생을 모집하고, 프로그램이 운영되는 배움 공동체다. 콘텐츠를 만들어 가르칠 열정이 있다면 강사 모집에, 즐겁게 배우며 어울릴 수 있다면 수강생 모집에 참여하라고 권한다. 함께 배우며 느슨한 사회적 관계를 쌓아나가려는 분들에게 참고할 만한 평생교육 모델이다.

진성리더십
도반들

    지혜로운학교 운영위원 중 한 분은 기업 전문 교육기관 대표였다. 생업을 병행하면서도 비영리단체 활동에 꾸준히 시간과 에너지를 쏟는 모습이 늘 궁금했다. 그러던 중 그가 '진성리더십 아카데미'라는 무료 프로그램을 운영한다는 소식을 들었다. 무료이지만 지원 사유를 에세이로 제출해 선발되어야만 참여할 수 있다기에 도전해 보기로 했다. 에세이라면 조금은 승산이 있지 않을까 싶었다.

    그때 처음 접한 '진성리더십' 개념은 삶의 방향을 고민하던 내게 깊은 울림을 주었다. 비슷한 문제의식을 가진 사람들과의 대화만으로도 충분히 위로가 되었는데, 이를 학문적 기반과 연구로 뒷받침까지 해 주니 마치 응원군이 생긴 듯 든든했다.

    인상 깊은 경험도 있었다. 어느 주 글쓰기 과제로 '아직도 생각나는 부끄러운 기억'을 쓰라고 했을 때다. 마땅한 소재를 찾

전업주부는 언제 은퇴해요?

다가, 오랜만에 학교 다닐 때의 옛 장면 하나가 불쑥 떠올랐다.

여고 시절 체육 시간이었다. 평소엔 늘 피하던 취약 과목이었지만, 그날만큼은 유일하게 자신 있던 오래달리기 시간이었다. 선생님은 내게 뒤처진 친구들을 살피며 뒤에서 페이스를 조절하라는 임무를 주셨다. 그런데 막상 뛰다 보니 답답함을 도저히 참기 어려워 결국 친구들을 제치고 앞서 달리고 말았다. 맡은 책임을 저버렸다는 생각에 오래도록 민망했던 기억이었다. 그 이야기를 자세히 써서 제출했더니, 한 동료가 쪽지를 붙여 돌려주었다.

"남보다 잘할 수 있는 일에 앞장서는 것은 그리 부끄러운 일이 아닙니다."

따뜻한 말 한마디에 죄책감이 조금 사그라들었다. 동시에 궁금해졌다. 그 사소한 기억이 왜 삼십 년 동안이나 내 안에 숨어 있다가 불쑥 떠오른 걸까?

아마도 나는 '누구보다 앞서 달리고 싶다'는 욕망을 마음속 깊이 감춰둔 채, 가족이라는 이름으로 늘 뒷자리에서 속도를 조절하며 살아왔던 건지도 모르겠다. 어쩌면 그 욕망을 인정하는 것 자체가 나에겐 금기였을지도. 사회가 바라는 엄마의 모습, 헌신적인 그림자로 남아 주기를 기대하는 시선 속에서 나는 늘 '괜찮은 척'하며 살아온 건 아니었을까. 자기 욕망에 솔직한 엄마를 달가워하지 않는 사회적 분위기 속에 갇혀 있으면서도, 아닌

척 의연하게 버티는 일이 그렇게 버거운 짐이었음을 글로 쓰기 전에는 몰랐다.

그 시간을 통해 나는 내 안에 잠들어 있던 욕망의 목소리를 마침내 들을 수 있었다. 덕분에 '이 나이에 무슨'이라는 사양 대신, '이제라도'라는 마음으로 새로운 도전을 즐기게 된다.

지금도 가끔 진성리더십을 배우며 나를 진지하게 들여다보던 그 시절을 떠올려 보곤 한다. 그때처럼 솔직하게 세운 삶의 방향대로 여전히 내가 잘 걸어가고 있는지 확인하고 싶어서.

조각 노트

진성리더십이란?

시장 중심의 무한경쟁 패러다임이 한계에 이르렀다는 문제의식에서 학계·현장 전문가들이 함께 제안한 개념이다. 개인이 자신의 생각·감정·가치관에 충실하게 행동하는 '진정성'을 기반으로, 말보다 실천으로 영향력을 만들어가는 리더십을 뜻한다.

진성리더십 아카데미는 '대한민국 모두를 주인으로 환대하는 천의 고원을 세운다'는 사명을 바탕으로 진정성 있는 리더를 육성·전파하려는 무료 프로그램이다. 지금까지 배출된 삼백여 명의 수료생들이 지속적인 배움 공동체를 이루며 다양한 활동을 이어 가고 있다.

전업주부는 언제 은퇴해요?

한 달에 한 번, 혼자 여행

아이들이 어느 정도 자란 뒤부터는 엄마의 공식 휴일을 확보하고자 애썼다. 24시간 활동모드는 아니지만 24시간 대기모드역시 겪어보면 여간 피곤한 일이 아니다. 계획이 있어도 가족사정에 밀려 양보해야 했던 시간 말고, 적어도 한 달에 한 번쯤은 엄마 스케줄이 우선이어도 되지 않을까. 그런 마음으로 시작한 것이 '한 달 하루 프로젝트'였다.

처음엔 짧은 나들이부터 시작했다. 동행을 구하려고 기회만되면 사람을 꼬드겼다. 먼저 제안한 터라 자연스럽게 가이드 역할까지 했다. 처음엔 떠난다는 사실만으로도 설렘이 컸지만 곧피로감이 밀려왔다. 함께 간 사람이 즐겁지 않을까 봐 눈치를보게 되고, 나만의 시간을 즐기지 못한 채 수다만 떨다 오는 날엔 허무히기도 했다. 동행히는 사람에 따라 나의 여행은 메번색깔이 달라졌다. 고민 끝에 혼자 다니기로 작정했다. 젊은이들은 잘만 혼자 떠나는데, 왜 나만 아직도 동반자를 찾고 있을까.

혼자 여행, 예전에는 감히 상상도 못 했던 일이다. 사회적 안전망이 허술했던 시절에는 다 큰 처녀가 혼자 돌아다니면 큰일 난다고도 했다. 중년 여성이 홀로 한적한 여행지에 가면 밤새 숙소 주인이 걱정한다는 이야기도 들었다. 조금 자유로워지려다가 남의 시선에 갇혀 피곤함만 더해질까 봐 시도조차 하지 않았었다.

하지만 지금은 누구나 여행을 혼자 떠날 수 있는 시대. 혼자라서 못하는 일의 가짓수를 줄여 보고 싶었다. 좋아하는 일은 혼자서도 할 수 있어야 한다. 그래야 자식들 곁을 맴돌며 기다리는 사람이 되지 않을 테니까. 일종의 '홀로서기 훈련'이었다. 그렇게 매달 하루, 혼자 떠나는 여행을 시작하게 됐다. 그러다 보면 언젠가는 일 년에 한 달쯤 떠날 수 있지 않을까 하는 기대를 품고.

막상 실천하려니 결심만큼 쉽지 않았다. 엄마의 간헐적 부재가 오히려 가족의 일상 기술력을 키워 주지 않을까, 빈자리를 메우다 보면 가족 간 소통과 협력도 자연스레 나아지지 않을까. 이런저런 이유를 붙여 보았지만, 결국 가장 어려운 건 '일행 없는 여행'을 감행하는 내 마음이었다.

딱히 누가 붙잡는 것도 아닌데 왜 이렇게나 가족 눈치를 보는 걸까. 아픈 부모님, 힘든 수험생 자녀, 피곤한 직장인 남편 사이

전업주부는 언제 은퇴해요?

에서 홀로 떠나는 일이 왠지 미안했다. 슬그머니 주저앉기만 여러 번. 고생하는 가족 옆에서 나만 혼자 좋은 시간을 보내기 꺼려지는 의리 비슷한 감정 때문이었다.

그런 논리에 얽매이면 함께 할수록 더 힘들어지는 것이 가족이다. 혼자 좋은 날도 드문데, 모두 좋은 날까지 기다리자면 행복한 순간을 맞기는 더 어려우니까. 거기까지 생각이 미치자 마음을 바꾸었다. '우리 중 누구 하나라도 좋으면 좋은 것이다'라고 생각하기로. 행복의 교집합에 연연하지 말고 각자의 행복을 더해 합집합을 넓혀보자.

그렇게 결심하고는 십 년 동안 한 달에 한 번, 혼자만의 여행 원칙을 지켰다. 이제는 처음보다 훨씬 가볍고 자연스럽게 길을 나설 수 있다. 앞으로 십 년은 더 이렇게 떠날 수 있기를!

조각 노트

숙련된 홀로 여행자의 여행 팁!

'정말' 고려해야 할 것

1) 컨셉: 혼자 시간을 어떻게 보낼지 미리 컨셉을 정해 두자. 관심 주제를 정해 탐방, 사진, 글쓰기, 그리기, 독서, 체험 등 해 보고 싶은 거 한 가지만!

2) 기록: 혼자 여행은 좋은 기억으로 남겨두어야 때때로 꺼내 음미할 수 있다. 여행을 나만의 방법으로 기록해 모아두자. 수시로 행복해진다.

3) 안부: 여행하는 중간에 가족에게 덕분에 좋은 시간을 잘 보내고 있다는 감동적인 사랑 표현을 날려라. 다음 여행이 훨씬 쉬워진다.

'의외로' 필요 없는 것

1) 곰국: 가족들이 먹을 음식을 미리 챙기느라 수선 떨지 말자. 엄마의 여행 기간에는 가족도 제 마음대로 먹을 권리가 있다.

2) 큰 가방: 카드와 핸드폰만 있어도 충분하다. 떠나는 날 아침에 쓰는 세면도구와 화장품만 순서대로 작은 주머니에 챙겨 넣으면 끝이다. 사실 하루 안 씻어도 괜찮다. 대신 편한 옷과 신발은 필수. 모자나 스카프 한 장도 요긴하다. 이럴 때 저럴 때를 모두 대비하려고 이삿짐 싸지 말자. 여행 자체가 번잡하고 무거워진다.

여행작가로
새털처럼

새털처럼 가볍게 살고 싶었다. 바람이 스치듯 자유롭고, 나만의 속도로 어디든 오래 머무를 수 있는 삶. 글을 쓰며 살아온 시간에 여행의 설렘을 더해 보면 어떨까. '여행작가'라는 직업은 꽤나 괜찮은 대안처럼 보였다. 새로움을 향한 호기심, 무거운 일상에서 한걸음 비껴난 자유, 어깨에 힘을 뺀 느슨한 소통. 그 이름만 떠올려도 입꼬리가 스르르 올라갔다.

그렇게 상상의 나래를 펴던 어느 날, 신문 첫 면에 실린 [여행작가 1기 과정 모집]이라는 작은 광고가 눈에 들어왔다. 마치 나를 부르는 문장 같았다. 세상에, 정말 여행작가라는 직업이 있긴 있었구나. 짜릿한 쾌감에 망설일 틈도 없이 무작정 신청서부터 냈다.

서두른 탓에 미처 확인하지 못했던 교육 시간은 알고 보니 저녁이었다. 엄마들은 가족이 나가고 없는 낮 시간 교육을 선호한다. 저녁 강좌에 참여하기는 아이 낳고서 처음이었다. 시간대가 변하니 수강생도 달라졌다. 갓 스물의 모델 청년부터 은퇴한 공무원까지, 천차만별의 직업과 삶을 가진 사람들이 골고루 있었다. 그들은 여행 취미를 살려 일로 확장하기 위해 퇴근 후에 이곳으로 몰려들었다. 가족과 주방 사이에서 헤매느라 세상 돌아가는 형편에 무지했던 나는 무언가를 배우기도 전에 이미 새로운 세상을 여행하기 시작했다. 전업주부라는 울타리 안에서는 좀처럼 접할 수 없었던 다양한 사람들을.

다른 환경 속에서 살아가는 서로의 이야기를 듣고 나누는 일은 낯설면서도 따뜻했다. 블로그를 오래 한 덕분인지 문자 소통이 편한 젊은이와도 무리 없이 대화를 나눌 수 있었다. 그들의 최첨단 디지털 능력을 어깨너머로 배울 기회도 많았다. 문화적으로 얻어듣는 것도 많고, 세대 간의 생각 차이도 자연스럽게 이해되었다. 나이와 성별을 막론하고 '여행'이라는 주제로 마음이 통하니, 같은 취미 앞에서는 모두 친구가 되는 기분이었다.

이들과 어울리는 재미가 어찌나 쏠쏠하던지 과정이 끝나고도 몇 년이나 더 활동을 이어 갔다. 작가의 꿈을 가진 친구들은 함께 여행 이야기를 모아 책을 내고 싶어 했다. 예전이나 지금이나 아마추어들의 공동 저술에는 거쳐야 할 난관이 많다. 알고 있는 분야여서 모른 척하기 어려웠다.

그렇게 앞장서서, 『여행을 떠나는 서른한 가지 핑계』를 시작

전업주부는 언제 은퇴해요?

으로『갈수록 그리운 제주』,『1박 2일 가족여행 시티투어』,『시작은 여행』과 같은 여행 관련 책을 함께 낼 수 있었다. 사진 전시회와 북콘서트도 여러 번 했고, 여행 블로거 패밀리투어에도 초청되었다. 막연하게 꿈만 꾸던 내가, 여행작가라는 직업 세계를 경험하며 점점 여행 안에서 살아가는 사람이 되고 있었다.

조각 노트

여행작가로 사는 법

1) 공식적인 인증 절차나 활동 자격이 요구되지 않는 분야다.
2) 여행지를 매력적으로 전달할 만한 필력과 사진 기술이 필요하다.
3) 한국여행작가협회나 평생교육원 여행작가 과정에서 기초를 배울 수 있다.
4) 꾸준히 여행을 다니며 콘텐츠를 생산하거나 여행 관련 책을 내며 활동한다.
5) 경력을 인정받으면 관련 지면에 기고하거나 협업 파트너로 계약해 일할 수 있다.

오지랖통신
이야기편지

몽글몽글하던 여행작가 로망은 다가갈수록 현실성이 떨어졌다. 사회에서 주로 원하는 여행작가는 기자에 가깝다. 여행지의 좋은 정보와 경험을 매력 있게 소개해 주는 역할이라고나 할까. 그런 요구에 제대로 부응하기 어려웠다. 나이 들고, 가정도 있고, 돌볼 어르신도 있는 내가 그들처럼 기동력 있게 밖으로 나다니기에는 한계가 있었다. 무엇보다 체력적으로도 힘에 부쳤다. 정해진 줄 알았던 미래 고민이 다시 시작되었다.

방향을 수정하기로 했다. 여행의 대상이 왜 꼭 장소여야만 할까? 새로운 생각, 새로운 사람, 새로운 문화를 만나는 것도 여행의 묘미 아닌가. 여행작가 지망생들과 함께 어울렸던 경험이 또 하나의 문화 여행이었던 것처럼 세상 모든 것을 여행자의 시선으로 바라보고 마음에 닿는 풍경과 생각을 소재로 삼아 보자.

그렇게 마음먹고 '여행통신'이라고 정하려던 채널 이름을 '오지랖통신'으로 바꿨다. 첫 블로그 이름이 '아줌마통신'이었으니 연결성도 있었다. 오지랖 넓다는 소리를 평생 듣고 살아왔으니, 이참에 제대로 커밍아웃하는 것도 통쾌하리라. 장소에만 집착하지 말고 세상 살아가면서 자연스럽게 만나게 되는 사람, 생각, 시간을 여행하는 사람이 될 작정이었다.

지혜로운학교에서 만난 선생님들도 이런저런 코치를 해 주셨다. 덕분에 홈페이지도 만들었다. 글을 전달하는 방법도 다르게 하고 싶었다. 기존 출판 시스템으로 책을 내보니 시간이 많이 들었다. 차라리 책이라는 매체가 가진 완성도를 포기하고, 신문이나 잡지에 실리는 글처럼 작가의 글이 실시간 배달되는 구조를 만들면 어떨까.

고민하던 중에 언니들과 온라인으로 일상을 주고받던 즐거움이 떠올랐다. 외국에 있는 동안 자주 만날 수 없게 된 언니들과 메일로 소식을 나누곤 했는데, 컴퓨터 켤 때마다 받은 편지함부터 열어 볼 정도로 재미있었다. 언니들의 상황 표현이 얼마나 찰떡인지 읽는 내내 혼자 키득거리던 기억들. 그런 친근함으로 글을 나누고 싶어서 메일 구독 시스템을 만들었다. 신청하는 독자에게 오지랖통신이라는 이름으로 이야기편지처럼 보내려고.

온라인 광고가 범람하는 시대에 성가신 스팸 메일로 취급받을까 봐 나중에는 신청한 사람에게 보내면서도 조마조마. 이런 배포로 무슨 오지랖을 떨겠다는 건지, 이름이 다 무색할 지경이었다. 그렇게 흔들리면서도 무려 십 년 동안이나 메일 서비스를 꾸준히 이어 갔으니 꽤 오랫동안 분투한 셈이다.

약속 날짜에 맞추느라 새벽부터 일어나 머리를 쥐어뜯으며 글 고민을 할 때면, 괜한 고생을 사서 하나 싶어 후회도 많았다. 하지만 그러는 와중에도 묵묵히 구독자 자리를 지키면서 응원 답글까지 보내 주는 분들 덕분에 점차 글 쓰는 사람으로서 정체성을 단단하게 만들 수 있었다. 오지랖통신 글 친구들, 다시 한 번 고맙습니다. 꾸벅!

전업주부는 언제 은퇴해요?

엄마의
은퇴식

전에 없이 한가해지고 외로움이 스며들며 사는 게 뭔가 싶어지더니 어느새 한바탕 인생 1막의 끝자락. 손은 서툴고 마음은 예민하고 열정만 사정없이 춤추던 젊은 날엔, 낭만이 가져온 삶의 무게를 견디느라 나를 돌볼 틈이 없었다. 가족의 삶을 조율하느라 끊임없이 부대끼다 보니 어느새 슬슬 종착역.

옛날 같으면 자연스럽게 할머니로서의 여정이 다시 시작되었겠지. 자식 혼사 치르느라 한바탕, 젊은 애들 살림 가르치며 이래저래, 손주 보는 재미에 의지해 인생을 마감할 수 있었을 테니. 하지만 세상이 변했다. 인간의 평균 수명이 백 세를 넘길 거라고들 한다. 그 바람에 면면히 이어지던 엄마로서의 인생 후반도 균열이 생길 수밖에.

길다고 생각했던 결혼 육아 파노라마가 고작 삼십 년. 부모 역할을 졸업하고도 그만큼이나 더 살아야 한단 소리다. 이젠 '예순 노인'이라는 엄살도 먹히지 않는다. 잔병치레 많았던 시어머니도 "이 예순 노인이 앞으로 살면 얼마나 더 살겠다고…"라며 한탄하셨는데 그런 분마저도 실제론 아흔까지 사셨다. 일흔이면 가겠지 하다가 여든, 아흔으로 이어지는 노년 생활에 본인은 또 얼마나 곤혹스러웠을까. 더욱이 나는 그런 종류의 어리광마저 부릴 형편이 못 된다. 양가 어른 모두 아흔을 넘긴 장수 집안인 데다 모셔야 할 손윗사람만 수두룩한 막내 쪽이어서.

그즈음 우연히 보게 된 영화 〈고령화 가족〉도 심란함을 더했다. 마흔이 넘도록 결혼하지 않은 철없는 자식들을 어떻게든 한집에 보듬고 살아가는 가슴 찡한 휴먼 드라마인데, 주인공으로 나온 늙은 엄마(윤여정)의 감정에 몰입되어 눈물을 다 흘렸다. 은퇴는 빨라지고 수명은 늘어나는데 왜 이다지도 가족은 변하질 않을까.

엄마, 엄마 부르며 응석을 피우는 마흔 줄의 자식들과 함께 사는 고령화 가족은 이제 영화 속 이야기만이 아니다. 잘못하다간 싱크대 앞에서 밥만 하다 죽을지 모른다는 위기감이 엄습했다. 조기 은퇴가 사회문제로 대두되는 이 마당에 전업주부만은 종신제라고 할까 봐 혼자 전전긍긍하는 꼴이라니.

마침 막내의 스무 살이 다가오고 있었다. 이를 경계로 매사에 가정 살림을 우선했던 '전업주부' 직함은 내려놔야 하지 않을까. 그럴만한 이유가 수북했지만 남이 가지 않은 길을 가려면 설득

전업주부는 언제 은퇴해요?

에 공을 들여야 한다. 하여 마음만 어수선하지 딱히 도와줄 일 없는 막내의 고3과 재수 시절에, 나는 시간만 나면 책상에 앉아 결혼 삼십 년의 일상을 글로 정리했다.

엄마로서의 결과 보고서이자 전업주부 사직서였다. 이렇게 함께 사는 가족에게 과히 상처 주지 않고 자연스럽게 은퇴를 선언하기까지 나는 그 얼마나 많은 시간을 고민하며 갈등했던가. 그랬어도 마냥 좋았다. 결국엔 왔으니까.

사실 키우기 힘들어서 그렇지, 아이들은 그 존재만으로도 얼마나 빛나는가. 온전히 나에게 의지하는 연약한 생명을 바라보고 있자면 없던 힘도 절로 솟았다. 겨자씨 하나의 믿음만 있으면 산도 옮길 수 있다는 성경 말씀처럼, 아기가 부모를 향해 보내는 무조건적 신뢰에 이끌려 자연스레 헌신하게 될 만큼.

돌이켜보면 모성 본능이라는 것도 우연히 한 생명에게 절대적인 영향력을 갖게 된 사람으로서의 책임감, 그리고 여성 특유의 돌봄 능력이 겹쳐 만든 결과였을지 모른다. 그게 무슨 애초부터 고귀한 사랑이나 희생정신에서 비롯된 게 아니라는 고백이다. 이렇게 양심선언을 하는 이유는, 과장된 모성 신화의 무게에서 조금이라도 벗어나 보고 싶어서다.

가끔은 가족을 위해 희생했다고 생색냈지만, 지금 생각해 보니 그 모든 결정이 결국은 나 자신을 위한 선택이 아니었나 싶다. 이런 고백을 듣고 아이들도 마음 가볍게 세상을 향해 나아

갔으면 한다. 그래야 나 역시 홀가분한 마음으로 발을 내디딜 수 있을 테니까.

이제부터는 늘 뒤로만 미뤄두었던 내 안의 나, 아직 자라지도 못한 채 엄마 역할부터 하느라 고생했던 그 아이를 너그럽게 끌어안고 마음껏 함께 춤춰 봐야지.

2장 | 뛰어
보자
팔짝

본격적인 프리랜서 작가 활동과 더불어
엄마학교협동조합 대표로서 시도한
다양한 사회적 실험과 활동들

개와
늑대의 시간

평생교육 비영리단체에서 활동하다 보니 세상 정보에 빠르지 못한 내게도 관련 소식이 종종 들렸다. 은퇴하는 베이비부머의 노동력을 사회적 자본으로 선순환시키기 위해 중장년 대상의 교육기관이 따로 생길 예정이라고 했다. 이름도 재미있었다. 50플러스. 혼자 하던 노후 걱정을 다 함께 모여 해 보자니 어찌 아니 솔깃할까.

이곳에서는 정규 직원을 제외한 보조 인력을 해당 연령대에서 충원한다고 했다. 금전 보상은 미미하지만, 함께 사회적 가치를 만들자는 취지로 만든 '보람'일자리라고 했다. 지원서를 냈다. 이제까지의 활동을 평생교육 경력으로 다듬어 이력서에 썼다. 고용 관계로 월급 받으며 일한 것만 경력으로 인정한다는 소리는 어디에도 없었으니까.

아무리 적은 돈이라도 정규 보수를 받을 수 있는 자리는 내게 상징적인 의미가 컸다. 면접을 거쳐 최종적으로 '모더레이터'라는 다소 어려운 직함을 얻게 되었다. 사전을 찾아보니 '모더레이터는 회의나 토론 석상에서 사회를 담당하는 사람으로, 토론 진행 외에도 분쟁 중재 및 유용한 결과를 도출하기 위해 문제 해결을 유도하는 역할을 하는 사람'이라고 쓰여 있다.

어머, 이런 역할은 가족 안에서 내가 내내 해왔던 일 아닌가. 그렇다면 나는 오래전부터 '모더레이터'라는 멋진 직함으로 떳떳하게 불릴 자격이 있었던 거네. 으쓱으쓱. 엣헴!

개와 늑대의 시간이라고 했던가. 개와 늑대를 구분하지 못할 정도로 해가 저물어 낮과 밤이 바뀌는 때를 말한다. 불확실함과 모호함을 지닌 전환기의 경계성을 상징하기도 한다. 그런 시간에 다양한 길을 걸어온 동년배를 잔뜩 만난 셈이다. 처한 환경이 다르고 갈 방향도 다르지만, 우연히 같은 정류장에서 선 여행자처럼 각자의 인생 경험을 허심탄회하게 나눴다. 서로에게 배우며 간접 경험으로 생각을 확장하는 기회였다. 축복이기도 했다. 활동하면서 보니 이곳에서는 보람 일자리를 끝내고도 시도해 볼 수 있는 일이 무궁무진했다.

보는 것마다 머리에서 반짝반짝 아이디어가 샘솟았다. 이 울타리 안에서는 실험 단계부터 투자 비용을 들여야 하는 현실적 위험 요소를 줄일 수 있었다. 아이디어를 먼저 내고 난 후, 채택되면 직접 실행해 볼 수 있도록 그 분야의 전문 멘토를 연결해 주기도 하고, 필요한 자재를 빌려주기도 했다. 50플러스 스타트업 인큐베이터라고나 할까. 다만 거기 투입되는 본인 노동력에는 아무런 보상이 없었다. 오로지 자신의 상상을 실현하는 경험치와 업무 역량을 높일 기회만 얻을 수 있을 뿐. 그게 어디냐. 무턱대고 비용부터 들여서 손해를 안고 시작하지 않아도 되는 것만으로도 고마웠다.

원래부터 해 보고 싶은 것이 많았던 아이디어 뱅크가 돌기 시작했다. 조금의 빌미라도 있으면 적극적으로 기획을 하고 도전해서 결과를 만들었다. 놀이터에서는 무조건 잘 노는 사람이 주인이라는 마음으로.

오지랖통신 발행인	2015 ~ 현재	취재, 집필, 편집, SNS 채널 운영
지혜로운학교 이사	2011 ~ 현재	프로그램 기획 및 스토리 구성
여행자들 운영위원	2011 ~ 2014	공동 출판 및 커뮤니티 운영 기획
지역신문발전위원회 모니터위원	2007 ~ 2011	서울 지역신문 모니터 활동
모임공간 섬 대표	2007 ~ 2010	문화 공간 설립 및 운영
대전 민주언론시민연합 모니터위원	2001 ~ 2002	충청 지역신문 모니터 활동
모퉁이어린이도서관 운영위원/기자단간사	2000 ~ 2002	어린이기자단 창단 및 지도, 신문 제작
동아출판사 편집기획부	1985 ~ 1986	편집 기획 및 출판 동향 연구

2016년 당시 이력서에 채워 넣은 활동 경력

조각 노트

서울시50플러스란?

서울특별시 50플러스재단은 고령사회를 맞아 서울시 중장년층의 은퇴 전후의 새로운 인생 준비 및 성공적인 노후생활을 위한 사회참여 활동 지원하기 위해 설립되었다. 주요 사업으로는 50플러스캠퍼스 운영, 중장년 일자리 발굴 및 지원, 중장년 정책 개발, 새로운 문화 확산, 가치동행일자리 사업 등이 있으며 전문성과 역량을 겸비한 중장년 세대에 사회공헌 일자리를 연결하고, 지속적인 사회참여 기회를 제공하고 있다. 생애 전환기 중장년 맞춤으로 다양한 활동과 배움, 실험을 해 보고 싶은 분들은 홈페이지(https://www.50plus.or.kr)를 둘러보는 것만으로도 새로운 아이디어를 얻을 수 있다.

엄마를 위한
학교

    은퇴 선언을 위해 출간했던 『엄마 난중일기』가 새로운 인연을 몰고 왔다. 내겐 이미 과거지만, 아직도 수많은 엄마가 감정적 동요를 겪으며 각자도생 사회를 건너고 있었다. 누구는 맘충으로, 누구는 경단녀로, 누구는 취업맘, 누구는 전업맘이라고 불리면서 모두 엄마라는 이름을 힘겹게 지키고 있었다. 이들 중 강의에서 만난 몇몇 엄마가 함께 엄마들을 위한 학교를 세우자고 졸랐다.

    '모임공간 섬'을 시작했을 때의 열정이 다시 스멀스멀 피어올랐다. 한편으로는 겁도 났다. 한창 바쁜 현업 엄마들과 일을 도모하다가 또다시 혼자만 일을 떠안게 될까 봐. 다행히 그 무렵 내 또래 엄마들은 새롭게 시작할 만한 일을 찾고 있었다. 직장 다니던 친구는 은퇴 이후 활동을 고민했고, 전업주부 친구는 노후를 의미 있게 보낼 일거리를 원했다. 이들을 '엄마'라는 공통분모로 엮어 서로 도우며 성장할 수 있게 하면 어떨까.

50플러스재단 단체설립지원 공모에 서류를 넣어 심사를 받아 보기로 했다. 심사위원이 물었다. 여성가족부가 더 적합할 것 같은데 굳이 왜 여기로 왔냐고. 내 생각은 달랐다. 엄마 자리를 재정립하려면 엄마들의 힘만으로는 안 된다. 자녀 성장에 따라 가족 문화도 변해야 한다. 안일하게 옛날 타령만 하다가는 서로 불협화음만 생기니까. 가족의 호응 없이 엄마 혼자 변하는 건 어렵다. 엄마 변화 없이 가족도 새로운 관계로 진화하기 어려운 것처럼. 이런 문제를 함께 풀어가기 위해서 인생 재설계 교차점에 있는 중장년들이 두루 모인 50플러스는 여러모로 제격이었다.

마음을 정하고 조합원끼리 만나 막연한 생각을 구체적으로 정리하고 준비한 지 꼬박 일 년, 마침내 '엄마학교협동조합'이라는 울타리를 세울 수 있었다. 수많은 협동조합이 생겨나고 사라지는 현실에 이제 막 만들어진 단체가 앞으로 어떻게 뻗어 나갈지는 누구도 자신할 수 없었다. 새로운 상황이 닥칠 때마다 활동의 방향키를 조정하기 위해 단체설립 취지부터 명함에 새겼다. "우리는 스스로 행복해지려는 엄마를 돕는다."라고. 행복한 엄마가 행복한 가정과 사회를 만들 수 있다고 믿기 때문이다.

천신만고 끝에 엄마 은퇴를 하고 다시 엄마라는 이름 안에 선 기분이 묘했다. 다양한 일을 병행하면서도 늘 "나는 전업주부입니다."라고 외친 결과였을까? 은연중에 엄마들의 삶을 재조명하고 그들의 자존감을 북돋우는 일을 하고 싶었나 보다. 친정엄마와 시어머니의 서로 다른 삶을 접하면서 그 중간 어디에서 끊임없이 균형을 잡으려던 생각, 모임공간 운영으로 커뮤니티 문화사업을 꿈꾸고, 평생교육을 위한 비영리단체에서 사다리를 놓았던 경험. 그 모든 것을 살려 이번에는 엄마학교협동조합이라는 이름으로 엄마들을 일으켜 세우고 싶었다.

그 과정에서 생겨나는 일을 기록으로 남겨둘 욕심도 있었다. 활동 과정에서 벌어지는 수많은 에피소드가 언젠가는 스스로 행복해지려는 미래의 엄마들에게 참고가 되지 않을까 싶어서. 굳이 거창한 뜻을 품고 살지 않았어도, 인생 안에서 생기는 화두를 놓지 않고 지내다 보니 이렇게 소명처럼 자연스러운 기회를 맞이하게 되는 모양이다. 사정이 허락하는 만큼 무리하지 않으면서 동행해 보려 한다. 이 역시 내 인생에 찾아와 준 소중한 손님이니까.

빈둥지
리노베이션

요즘 항간에 떠도는 '독박육아'란 단어 자체가 우리 세대에게는 매우 생소하다. 예전에는 더했을 거 같다. 엄마 대부분이 사회생활 기회조차 얻지 못하고 살림과 육아에만 매달렸으니까. 나름의 장단점이 있겠다. 하지만, 문제는 그런 세월을 다 보내고 난 다음이다. 직장인은 은퇴 과정을 거치면서 반강제적으로 전환점을 맞게 되지만, 전업주부라면 그런 식의 드라마틱한 변화를 감지할 수 없다. 자연히 늘 하던 대로 계속할 수밖에.

아직 빈 둥지의 주인이 되어 보지 못한 내가 미리 이 문제를 심각하게 고민하게 된 이유는 나의 사수라고 할 만한 시어머니 덕분이다. 전업주부였던 시어머니는 뛰어난 살림 솜씨와 성공한 자녀 교육의 모델로 주위의 칭송을 한몸에 받던 분이다. 막내며느리인 나를 끝으로 자녀 돌봄에서 해방되었지만, 본인은 오히려 그 빈자리를 무척이나 힘들어했다.

혼자만의 시간에 적응하지 못해 외로워했고, 기대보다 미진

전업주부는 언제 은퇴해요?

한 가족들의 감사와 인정에도 서운해했다. 그 때문에 어딘지 모르게 조금쯤 화가 난 상태였다고나 할까. 그렇게 예순 살의 어머니를 만나 삼십 년 동안 살얼음판 걷듯 관찰하면서, 자녀 독립과 부모 독립의 상관관계에 대해 참 많은 생각을 하게 되었다.

엄마는 여전히 집에 있는 게 당연하다고 생각하는 가족들의 무심함도 한몫한다. 전업주부가 육아는 물론 가정 살림과 집안 대소사를 온통 떠안고 살아가는 동안, 독자적으로 세상에 나가 활동할 능력과 용기는 점점 줄어든다. 그러니 마음이 있어도 결국은 살던 대로 그냥 주저앉을 수밖에.

예상되는 미래를 바꾸고 싶다면 이제부터라도 조금씩 다르게 살아야 한다. 고민 끝에 두 가지 원칙을 세웠다. 첫째, 자녀가 성인이 되면 전업주부에서 은퇴한다. 둘째, 후반 인생은 자녀 돌봄보다 부부 상생에 주력하여 개인의 독립성을 존중한다. 끝이 보여야 전업주부도 미래를 계획할 수 있으니까. 하지만 가족이 엄마의 주부 은퇴를 응원할 수 있을까.

적당한 계기를 만들기 위해 50플러스 중부캠퍼스에 교육 제안서를 냈더니 여름학기 강좌로 선정되었다. 맞춤형 수강생 모집 기회를 얻은 셈이다. 성인이 된 자녀와 관계를 재설정하고 새로운 독립을 모색해 보자는 의미로 꼭 널리 퍼졌으면 하는 프로그램이다. 애먼글면 사랑하던 자식들이 다 컸다고 먼저 선을 그으며 독립을 주장하고 나서니 엄마들은 또 얼마나 당황스러울까.

우리는 프로그램을 준비하며 그들의 생각을 전환하고자 노력했다. 둥지(nest)란 암수가 만나 알을 부화하고 새끼를 키워 독립시킬 용도로 만드는 임시 거처이므로, 평생 부부가 살아가는 집(house)의 개념은 아니라는 것. 육아 기능이 끝난 시점엔 자식을 독립시키고 둥지를 다시 집으로 용도 변경하자는 내용이었다. 동년배 부모로서 이심전심, 같은 처지에서 주고받는 말이라 공감도 있으리라.

유난히 더웠던 7월의 폭염 속에 땀 흘려 언덕길을 올라온 수강생분들을 강의실에서 만나니 얼마나 반갑던지, 그동안 준비하느라 애쓴 고생이 눈 녹듯 사라졌다. 하긴 그들에게는 어쩌면 강의 내용보다 같은 고민을 함께 나눌 사람을 만나는 자체가 더 좋았는지도 모르겠다.

'엄마아빠 독립선언', '엄마의 은퇴식' 같은 퍼포먼스가 문화로 정착해, 은퇴 시기의 부부가 빈 둥지 리노베이션을 함께 해나가는 계기가 되었으면 한다.

인생여행학교
놀이북

    지혜로운학교에서 자원봉사 차원으로 꾸준히 강좌를 열다 보니 성향이 비슷하고 결이 맞는 사람이 차츰 생겼다. 그들과 정기적으로 만나고 싶은데 그러려면 후속 강의를 계속 만들어 내야 하는 부담이 있었다. 이렇게 에너지를 쓸 바엔 아예 대화와 글쓰기를 중심에 둔 나만의 고유 프로그램을 만들어야겠다는 결심을 했을 무렵, 우연히 눈에 띄게 된 책이 『아티스트 웨이 The Artist's Way』다.

    이 책은 미국 작가 줄리아 카메론이 오랫동안 후배들에게 강연했던 원고를 모아 출간한 것으로, 내면의 예술적 창조성을 스스로 발견하고 자기만의 삶을 펼쳐가도록 하는 안내서다. 매일 쓰는 모닝 페이지와 주 1회 아티스트 데이트를 기본 루틴으로, 매주 제시된 자기 성찰 문답을 이어 가게 하는 내용이다. 주위에서도 이 책을 읽으며 도움을 받았다는 사람이 여럿 있었다.

    책을 살펴보니 따로 교재를 만들 필요가 없을 만큼 제안하고 싶은 방법과 기본 철학이 마음에 들었다. 이걸 교재로 진도를 나가며 좀 더 깊이 있게 살아온 경험을 대화로 주고받는 과정을 열고 싶었다. 무엇보다 책에서 제안하는 카메론의 방법에 믿음이 갔다. 매일 글 쓰고 매주 혼자 시간을 만들어, 삶의 방향을 찾던 나의 경험과도 완전히 일치했으니까.

출간되자마자 전 세계에 번역되어 사백만 부 이상 팔리고, 유명 대학에서 교양 과정으로도 채택되었을 만큼 호응도 좋은 책이라며 학우들에게 소개했더니 당장 해 보자고 했다. 이렇게 함께 공부하면서 프로그램 개발 기회까지 얻는 건 쉽지 않다. 친구 모임은 공부보다 관계가 우선이라 시간이 지나면 친목으로 기울어지기 쉽다. 거기에 새로운 회원을 받기는 더 어려울 테고. 공부로 시작했던 모임이어서 다행이었다.

마침 50플러스 캠퍼스에 커뮤니티를 지원해 주는 사업이 있었다. 공동체가 사라지는 시점에 건전한 모임을 확산시키려는 대책이라고 한다. 여기에 '아티스트웨이 연구회'라는 이름으로 커뮤니티를 등록했다. 공공성이 개입되면 어떻게든 끝까지 해내지 않을까 싶어서 생각해 낸 묘수였다.

그런데 웬걸, 생각지도 못한 제출 서류가 한둘이 아니었다. 커뮤니티의 결성 계기부터 향후 계획까지 꼼꼼하게 작성하라니 시작도 전에 머리부터 지끈거렸다. 어이구, 세상 만만한 게 하나도 없구나. 이제껏 결재 서류 한 장 없이 가정생활 전체 결정을 내게 일임했던 남편을 업어주고 싶은 심정이었다.

　중도 포기할 수는 없었다. 평생 아이들에게 뭐든 시작하면 끝을 보라고 잔소리하던 엄마 체면이 있으니까. 그렇게 하나하나 머리를 싸매고 쓰다 보니 나름대로 방향성이 선명해졌다. 결과 보고서를 당당히 내보이기 위해 계획한 일도 차근차근 진행했다.
　한글 편집 외에는 다뤄본 기능이 별로 없어서 문서를 작성할 때면 늘 스트레스를 받았다. 하지만 그럴 때마다 웃는 낯빛으로 도와주는 담당자들 덕분에 실력도 차츰 늘어 무난하게 마무리까지 성공. 응원에 힘입어 프레젠테이션 선발전에도 진출하고, 성과 발표회도 하고, 커뮤니티 콘테스트에서 우수상까지 탔다. 이런 공식 공개 과정이 없었더라면 이름만 번듯하게 지어 놓고 흐지부지 끝나버렸을지도 모를 일이다.

　기어이 마무리한 경험을 주춧돌 삼아, 이후에도 12주 과정을 열 번은 더 반복했으니 100회 이상의 그룹 대화 워크숍을 열어본 셈이다. 이 과정에서 만난 사람들은 하나같이 진솔한 삶의 이야기 속에서 자신을 더욱 풍부하게 만들 수 있었다고 말해 주었다. 그런 피드백의 힘으로 10년 만에 드디어 '인생여행학교'라는 나만의 고유 프로그램을 완성했다. 교재로 쓸 『나를 향한 여행』도 놀이북으로 펴냈다. 요즘엔 직접 쓴 교재로 만나는 분의 상황에 맞게 다양하게 변용해 가며 수업을 이어 가고 있다.

이쯤에선 뭐든 한번 시작하면 어떻게든 꾸준히 키워서 결과를 만드는 나 자신을 한 번쯤은 칭찬해 주어야 할 거 같다. 자화자찬이지만 그동안 수고했어, 우쭈쭈. 으쓱으쓱!

홀로욜로
요리교실

한동안 중년 부부 사이에서 백수라는 말보다 '삼식(三食)'이라는 말이 더 유행한 적이 있다. 우리는 애초부터 가정 안에서 남녀 역할을 구분하며 배운 세대라 평생 부엌일을 안 해 본 남자가 많았다.

은퇴하고 집에 있게 된 남편은 아내가 외출한다면 무엇보다 자기 끼니부터 걱정했다. 그러니 자유를 속박당하는 아주머니들이 대놓고 남편을 '삼식이'로 구박할 수밖에. 남편들은 평생 나가서 일한 대가로 그 정도를 못 해 주나 서운해하면서도, 어쩔 수 없이 삼식이 소리를 면하려고 밖을 배회하는 경우가 많았다.

외국 영화처럼 나이 든 부부가 집안에서 함께 책을 보거나 화초를 키우거나 산책 다니면서 평화롭게 지내는 건 우리에게 정말 어려운 일일까. 남편을 성가셔하는 마나님의 텃세인지 끼니마다 대접만 받으려는 영감님들 고집인지 모르겠지만, 은퇴 부부가 함께 잘 지내려면 이 문제에 대한 대비가 꼭 필요하다는 생각이다.

요즘은 1인 가구도 흔해져서 남녀 구분 없이 생활 노동에 익숙해지고 있지만, 아무래도 혼자 사는 사람은 자칫 자기 돌봄에 게을러지기 쉽다. 그중 하루 세 번 먹는 식사 준비야말로 번거로운 일상 노동의 핵심이라고 볼 수 있다. 이 때문에 서로의 삶이 피폐해지지 않으려면 누구라도 혼자 밥을 차려 먹을 수 있어야만 한다.

아이들 성화로 엄마 도움 없이 해 먹을 수 있는 요리 레시피를 만드는 중에, 마침 50플러스 캠퍼스에서도 요청이 왔다. 모더레이터 활동 마지막 날에 그곳에서 함께 일한 분들과 나눠 먹을 궁중 떡볶이를 해 드렸던 게 실마리였다.

평생 아내가 해 주는 밥만 먹었는데 이젠 직접 만들어 주고 싶다는 분, 직장 다니는 내내 늙은 엄마가 밥해 주셨는데 인제 그만 쉬게 해 드리고 싶다는 분, 여자니까 으레 요리는 잘할 것으로 기대하지만 자기도 일하느라 바빠서 해 본 적이 없다는 분, 이제라도 배워 내 손으로 사위한테 밥을 해 주고 싶다는 분까지 신청 사연도 제각각이었다.

거창한 요리가 아니라 집밥 요령을 듣고 싶다니 엉겁결에 삼십 년 가정주방장을 자처한 김에 소매를 걷어 올릴 수밖에. 남보다 앞선 생각으로 솔선수범하는 은퇴자는 독립 내공도 자못 깊어서 밥을 차려 먹으며 함께 이야기를 나누는 재미도 쏠쏠했다. 그런 자리에서 다른 집 사정을 듣고 나니 오히려 배우자의 마음을 이해하게 되었다는 분도 있었다.

이번에는 유난히 남자분들 신청이 많았다. 아직 자신이 없는데 아내가 '요리를 배우러 다닌다며 왜 한 번도 집에서 밥을 안해 줘?'라고 물어서 찔끔했다는 분께는 대처 요령도 슬쩍 알려드렸다. '으… 으응, 아직 내 실력이 당신 정도 되려면 한참 멀었지. 난 그냥 당신이 밥걱정하느라 아무 데도 못 나갈까 봐 틈틈이 배워두는 거야. 그럴 때 흔쾌히 놀다 오라고 보내 주고 싶어서!"라고.

칭찬도 못 들으면서 한참 어질러 놨다고 면박부터 들을까 봐 염려스러워 한 소리다. 자꾸 해 보면서 재미있어지기 전에 초보라고 혼부터 나게 되면 앞으론 영영 안 하고 싶어질 테니까. 이런 게 아이 키우면서 늘어난 엄마의 세심한 동기부여 스킬이다.

집밥을 해 보면 저절로 알게 된다. 요리는 상대에게 보내는 또 다른 사랑의 언어라는 걸. 그걸 잘 받아 주지 않으면 어느 순간부터는 그게 외롭고도 슬픈 노동이 된다. 이런 기술은 가정 노동을 분담하는 차원만이 아니라, 혼자일 때도 여유롭게 살기 위한 필수 생존 기술임을 알리고 싶다.

잠자는 시간까지 쪼개가며 사회생활 하느라 치열하게 살아왔던 우리 세대 남자들이 은퇴자가 되고 나서야 가장 기본인 일상 기술을 배우고 있다니 참 아이러니하다. 어떻게 하면 이들이 홀로 남겨진 개인으로 고립되지 않고 타인과 적절하게 연결될 수 있을까. 고민하다가 문득 깨닫는다. 혼자 먹는 밥에서 자유로우며 가끔 식탁에 초대해 함께 이야기를 나눌 사람이 있다면 인생에 더 필요한 게 무엇이냐고.

그런 노후를 위해서라도 어떻게든 부엌과 하루빨리 친해지는 게 상수다.

부모자녀
소통여행

공유사무실이 있는 50플러스재단에서 공익 활동 아이디어를 모은다는 소식을 들었다. 엄마학교협동조합도 응모하기로 했다. 엄마들의 정체성 회복도 중요하지만, 성인이 되는 자녀와 어떻게 관계를 재구성해야 하는지에도 관심이 갔다. 그에 따라 가족 구성원의 행보가 달라질 수 있으니까.

무엇보다 '아들, 아들' 하던 엄마들이 어느 순간 독립적인 남자 어른으로 살아가야 할 남의 집 예비 남편과 어떻게 일상 거리를 조정해야 할 것인지도 궁금했다. 수많은 가정의 불협화음은 결국, 놓아주어야 할 때 제대로 놓아주지 못하는 엄마의 집착에서 비롯되는 건 아닐까. 그런 마음을 들여다보기 위해 '이십 대 아들과 오십 대 엄마와의 소통 여행'을 기획했다. 부제는 '내 아들 참모습 보기'로.

처음에는 꿈이 컸다. 엄마와 함께 떠날 수 있는 아들에게 신청 사연을 길게 적어 내라고 했다. 취지에 꼭 맞는 대상자를 선발할 생각이었다. 이렇게 좋은 기회를 만들었으니 많은 사람이 신청할 것이라고 착각하면서. 현실은 달랐다. 일단 평일에 이삼일씩 시간을 낼 수 있는 아들 자체가 드물었다. 게다가 모르는 사람 앞에서 자기 엄마와의 관계를 드러내는 것도 남성들에게는 쉽지 않은 장벽인 모양이다. '내 아들 참모습 보기'는 시작부터 보기 좋게 예상을 빗나갔다. 나부터 아들의 참모습을 제대로 보지 못한 셈.

모집 인원이 차지 않아 궤도를 수정했다. 아들과의 소통을 기본으로 하되, 딸에게도 기회를 주고, 부모 자식이 꼭 같이 오지 않아도 신청할 수 있도록 대상 범위를 넓혔다. 일정도 주말 1박으로 줄이고, 숙소도 서울에서 멀지 않은 양평으로 바꿨다. 여행 주제도 아들과 엄마만이 아닌, 자식 세대와의 소통으로 확대했다. 프로그램 스케줄도 느슨하게 짰다. 참여자가 편안하게 시간을 누려야 마음속 이야기가 자연스럽게 나올 것 같으니까.

초기 모집은 어려웠지만, 결과는 만족스러웠다. 참여한 사람들이 하나같이 오래 기억에 남을 만한 여행이었다며 엄지를 치켜세웠다. 비슷한 기회가 생기면 주변에도 추천하고 싶다면서. 워크숍 시간을 줄이고 휴식 시간을 넉넉히 두니, 오히려 참여자들이 솔선해서 자신들의 이야기를 자연스럽게 나누기 시작했다.

젊은이는 젊은이끼리, 엄마들은 엄마끼리 따로 모여 한 방에

　　　　　　　　전업주부는 언제 은퇴해요?

둥글게 앉아 이야기를 이어 나갔다. 서로의 인생 이야기를 그저 한 바퀴 돌았을 뿐인데 어느덧 새벽 한 시. 각자의 이야기가 팔만대장경만큼이나 길었다. 서로 다른 길을 걸어왔어도, 1960년 전후에 이 땅의 딸로 태어나 결혼하고 아이 키우며 엄마로 살아온 여정은 놀라울 정도로 비슷했다. 공감과 눈물로 가슴이 다 먹먹했다.

엄마들의 속마음을 자식들이 어찌 다 알겠냐며 웃었지만, 아침에 일어나 보니 젊은이들도 그들끼리 밤새 가족 이야기를 나누었더라. 자기 부모만 유난한 줄 알았다가, 모두 비슷한 지점에서 갈등하는 모습을 엿보고 위안을 얻었다고 했다.

마지막 시간엔 두 세대가 한자리에 모여 미처 하지 못한 한마디를 주고받았다. 엄마들은 대부분 자식과 시간을 더 갖고 싶다고 했고, 자식들은 있는 그대로 믿고 맡겨달라고 했다. 엄마 본인을 더 아끼며 자기를 위한 시간을 가지라는 당부도 덧붙였다. 그 모든 대화에 서로를 향한 염려와 사랑이 깔려 있었다.

이번 프로그램을 준비하며 부모와 자식 간의 소통과 불통에 대한 수많은 사연을 듣게 되었는데, 그중 한 젊은 친구의 말이 아직도 귓가에 남아 있다.

"자식들이라고 왜 부모들과 소통하고 싶지 않았겠어요? 아무리 노력해도 결국 안 되니까 그냥 귀를 막고 말문을 닫는 거지요. 어른들이 말하는 소통은 그냥 내 말을 끝까지 듣고 맞장구 치라는 거잖아요!"

뜨끔했다. 곰곰이 되짚어봤다. 우리는 자식들에게 어떤 의미로 소통이라는 단어를 입에 올리며 살아가고 있을까. 이번 여행 프로젝트는 특별히 내게도 묘한 여운을 남겼다. 세대 간 속마음과 사랑을 가깝게 느낄 수도 있었지만, 동시에 앞으로는 자식과 조금 더 멀어져야겠다고 결심하는 계기가 되었으니까.

이젠 다 큰 자식에게 무작정 다가가 소통을 갈구하려는 마음을 조용히 내려놓으려 한다. 적절한 거리에서 아이들을 바라보고, 엄마와 자식 사이에 놓인 이해할 수 없는 틈을 있는 그대로 인정하는 게 진정한 소통과 존중이 아닐까 싶어서.

불통부부
출구전략

인생 이모작 아카데미나 은퇴 설계 강의에서는 주로 직장 은퇴 후 제2의 인생을 모색하려는 분들이 많이 온다. 그런 청중 앞에서 나의 일모작은 전업주부였다고 하면 급격하게 관심이 줄어드는 게 보인다. 그들은 여전히 취업 정보나 경제 활동에만 촉을 세우고 있다. 은퇴 시기에는 어쩔 수 없이 가정생활도 재조정해야 하는 시기라는 걸 외면하고 싶은 걸까.

이런 과정에서 외벌이 남편은 전업주부 아내와 쌓여 있던 앙금을 해결하지 못해 심각한 불협화음으로 발전하는 경우가 왕왕 있다. 이모작 강의에 참석했던 한 여성분이 사무국을 통해 개인적인 인생 상담을 요청했다. 전화로만 가볍게 나누려던 그녀와의 인생 상담이 무려 세 시간을 넘겼다.

행복한 집안의 완벽한 안주인처럼 보이던 그녀는, 남편 은퇴 후에 심각한 불화와 내적 갈등을 겪고 있었다. 본인은 평생 남편의 인생 청사진을 완성 시켜주느라 종처럼 살아왔다고 했다.

직장 다닐 땐 바빠서 고맙다는 표현을 안 하나보다 했는데, 은퇴 후에 대화를 나눠 보니 그게 아니더란다. 오히려 여태까지 자기가 먹여 살렸다면서 유세를 떨며, 가장 대접이 부족하다고 성질을 피운단다.

인생을 송두리째 날려버린 것 같은 회한에 사무쳐 손목까지 몇 번 그었다는 바람에, 괜히 자극할까 봐 쉽게 전화를 끊지도 못했다. 그녀는 앞으로도 자신을 '똥'같이 대한 분풀이를 할 작정이라고 했다.

차라리 이제부터라도 혼자 재미있게 살아 보시는 게 낫지 않냐고도 해 봤지만 막무가내였다. 말로 달랠 수 없는 문제였다. 한참 열을 올리던 그녀가 한숨을 쉬며 말했다. '저도 선생님처럼 감정을 차분하게 잘 전달할 수 있으면 이렇게 폭력적으로 변하지는 않았을 것 같다'고.

그 말을 듣자마자 나는 펄쩍 뛰며 숨도 안 쉬고 대답을 이었다.

"어머니, 착각입니다. 저도 이렇게 좋은 말솜씨로 삼십 년간 남편과 '대화'라는 걸 해 봤는데, 소통이라는 게 말을 잘한다고 되는 게 아닙니다. 오히려 깊은 대화를 나누다 갈등만 더 생기고 싸움으로 번지기도 했어요. 그러니 상대를 설득하려고 하지 말고, 자기 마음을 글로 풀어보세요. 쓰다 보면 스스로 양보할 일과 기어이 얻어 낼 일이 보이니까요. 그 사이에서 균형을 잡아 보세요. 어쩔 수 없이 함께 가야겠다면 일일이 뒤집지 말고 대충 덮고 넘어가는 것도 현명한 방법입니다."

나 역시 그랬다. 상대를 설득하려는 집요한 노력을 포기하고, 글을 쓰기 시작하면서 외려 소통이 시작되었다. 억울했던 마음을 글로 풀고 나면, 자신을 객관적으로 보면서 불화를 봉합할 여유가 생겼으니까. 그 과정에서 나를 성장시킨 것은 현자의 가르침이나 치열한 독서가 아니다. 그저 책상 앞에 앉아 뭔지 모르게 화난 자신을 응시하며 어지러운 감정을 문자로 정리하는 동안 조금씩 생각이 분명해지고 화해할 수 있는 접점이 보였다.

이런 경험으로 나는 갈등 속에 있는 사람들에게 되도록 글쓰기를 권한다. 온·오프라인으로 글 모임을 만들거나, 소셜 공간을 활용해 글을 올리거나, '오지랖통신' 구독자와 글 인연을 맺는 일도 모두 그런 식의 글쓰기 활동을 전파하려는 의도다. 특히 은퇴를 앞두고 생애 전환을 고민하는 사람들, 미래의 불안함을 안고 살아가는 젊은이들, 과거를 돌아보며 의미를 되새기는 사람들 모두, 이렇게 마음을 들여다보는 글쓰기를 통해 자기 안에서 힘을 회복하는 경우를 많이 본다.

엄마들도 마찬가지. 자신을 바로 세우고 가족과 적절한 거리감을 조정하며 독립적으로 살아가는 데 큰 도움이 된다. 글은 내 안의 나와 깊은 대화를 이어 갈 수 있는 좋은 수단이다. 불통으로 힘들어하는 분들은 바깥으로 소리를 높이는 대신 먼저 글을 통해 자신의 내면과 소통을 시작해 보면 어떨까. 대화의 출구를 찾는 데 이보다 더 좋은 전략은 없다.

독립작가
펜클럽

　전자책으로 낸 『오십생각』이 출판사를 통해 『50이면 그럴 나이 아니잖아요』라는 종이책으로 다시 세상에 나왔다. 작가가 되려면 밥 먹는 것처럼 일상적으로 글을 써야 한다며 글 친구들과 매일 업로드 인증샷을 이어 간 끝에 완성한 원고였다. 글이 쌓이면 책으로 만들고 싶으나 모든 원고가 제때 출판사를 만날 수는 없는 일. 이럴 때 전자책은 좋은 대안이 된다. 진입 장벽이 낮고, 인쇄 비용을 들지 않으니까.

　그렇게 전자책으로 마무리했던 원고가 치열하게 준비해서 교정까지 마무리한 수백 페이지의 원고 뭉치를 제치고 이번에 출판사와 최종 계약을 맺었다. 출판사 대표는 오히려 힘을 빼고 쓴 글이라 담백해서 좋다고 한다. 뭔가 의도를 가지고 과하게 다듬은 문장보다 일상처럼 편안한 필체라서 마음에 든다며.

　콘텐츠 홍수 속에서 살아가는 요즘의 독자에게는 글도 좀 가벼운 게 어필하는 모양이다. 책장을 넘기며 혼자만의 시간을 갖는 행위 자체가 복잡한 머리를 잠시 쉬는 여유로움의 상징이 되고 있으니까. 이처럼 작가가 독자를 만날 수 있는 지점은 시대에 따라 조금씩 달라진다.

'글을 쓴다는 것'과 '책을 낸다는 것'은 얼핏 하나의 일처럼 보이지만, 사실은 서로 다른 욕망이 충돌하는 지점이다. 특히 소용돌이치는 생각의 바다에서 문장을 길어 올리며 살아가는 문학인들에게는.

그래서 작가가 되고 싶다는 분을 만나면 먼저 이 질문부터 한다.

"글을 쓰는 게 좋아서 작가가 되고 싶은가, 아니면 지금 하는 활동에 도움이 될 책의 저자가 되고 싶은가?"

의외로 쉽게 대답하기 어렵다. 하지만 글쓰기가 일상이 된 요즘 같은 시대에는, 무작정 펜부터 들기 전에 이 우선순위를 정해 보는 일이 중요하다. 그래야 글의 방향성이 잡히고, 다음 단계의 선택도 쉬워진다.

나는 글 쓰는 즐거움에 우선순위를 둔 분들을 위해 '독립작가 펜클럽'을 종종 운영한다. 뒤돌아보면 나 역시 처음에는 그저 좋아서 글을 쓰는 사람이었다. 그렇게 쌓인 글들을 한글로 편집해 동네 문방구에서 세 권만 제본해, 친정어머니와 시어머니께 한 권씩 드리고 나머지 한 권은 기념으로 보관했다.

글을 쓴다는 일은 믿기 어려울 만큼 많은 시간을 요구한다.

때로는 적나라하게 드러나는 속마음에 민망하기도 하고, 글감이 떠오르지 않아 조급해지기도 한다. 고쳐야 할 문장이 끝없이 눈에 띄어 낙심할 때도 있다. 펜클럽에서 내가 맡은 역할은 이런 심리적 압박을 내려놓고 '마감하는 용기'를 갖도록 돕는 일이다. 그래서 샘플북을 먼저 만든다. 다른 사람의 마감을 독려하려다 보니 아이러니하게 내 글도 저절로 완성된다.

출판사를 통하지 않고 지인들과 나누는 목적으로 책을 만들고 싶다면 전자출판이나 독립출판도 좋은 선택이다. 내가 쓴 글이 실제 독자를 만나는 순간, 다시 글을 쓰게 만드는 에너지를 얻을 수 있으니까.

요즘은 출판사를 통해 책을 내더라도 저자 스스로 마케팅에 적극적으로 나서야 하는 시대다. 책이 세상에 나오는 순간부터 본격적인 '작가로서의 활동'이 시작되기 때문이다. 결국 어느 방식을 택하든, 무대에 서려면 바빠지기는 매한가지다.

물론 가장 이상적인 경로는 좋은 출판사와 전문 편집인을 만나 글의 질을 끌어올리고, 출판사의 브랜드가 주는 마케팅 효과까지 누리는 일일 것이다. 하지만 그런 기회를 얻기 전까지는 출판사를 찾느라 에너지를 소모하기보다, 진솔한 글을 차곡차곡 쌓아두는 데 집중하기를 권한다.

독립작가 펜클럽은 바로 그런 사람들에게 '글 쓰는 재미'라는 원천 에너지를 맛보게 하려는 마음으로 여는 과정이다.

작가가 되기 전에 스스로 물어볼 것들

1) 글쓰기와 책 내기 중 어떤 것에 치중하는가?

2) 나의 이야기를 지면에 공개할 용기가 있는가?

3) 세상을 향해 나누고 싶은 생각이나 스토리는 무엇인가?

4) 얼마나 오랫동안 글 쓰는 작업을 대가 없이 지속할 수 있는가?

전업주부는 언제 은퇴해요?

아무튼
독립출판

얼결에 출판사 등록까지 했다. 글을 쓰면서도 책을 내려면 원고를 가지고 다시 적당한 출판사를 찾아 문을 두드려야 하는데, 그 과정에서 굴절이 많이 생겼다. 무엇보다 글을 써서 책을 만들고 유통하는 전 과정을 한 번쯤 오롯이 경험해 보고 싶은 마음이 컸다.

초등학교 때부터 자기 생각을 글로 표현하고 남과 나누는 일에 재미를 느꼈다. 열 살 무렵부터 학급 신문을 철필로 써서 등사기로 밀어 찍어내던 기억도 난다. 신문방송학을 전공하고 출판사에서 일할 때까지만 해도 이 길로 계속 걸어갈 줄 알았는데 결혼과 동시에 궤도를 벗어나 버렸으니.

궤도 밖에 나와서도 움직였다. 여유가 생기는 대로 아이들과 마을 신문을 만들었고, 블로그와 카페를 운영하고, 공동 출판 프로젝트에 참여하면서 조금씩 나만의 길을 냈다. 누구나 자기 경험과 생각을 자유롭게 표현하고 소통할 수 있다는 실제 사례를 만들어 보고 싶었다.

인터넷이 활발해지면서 그런 세상은 한층 빨라지고 있다. 하지만 출판사의 문턱은 여전히 높았다. 물론 예전보다는 쉬워졌으리라. 하지만 출판업도 일종의 사업이기에 판매 가능성을 생각하며 신중하게 원고를 선택할 수밖에 없다. 시장성이 없으면 살아남기 어려우니까.

평범한 사람들의 이야기가 있는 그대로 책이 될 수는 없을까? 왜곡되지 않은 경험이 그대로 기록되면 오히려 세상 사는 진짜 모습을 더 잘 알릴 수도 있을 텐데. 그런 상황에서 요즘은 '독립출판'이라는 새로운 흐름이 생기고 있다. 작가들이 스스로 책을 만들어 내려는 움직임이다. 주위에도 이런 상담을 해 오는 분이 많다. 나 역시 기성 출판사를 거치지 않고 직접 책으로 만들어 보고 싶은 원고가 몇 있다.

이럴 때는 인세를 받는 작가로서가 아닌 또 다른 창작 욕구가 발동하는 모양이다. 내 생각을 글로 지은 후에 디자인까지 곁들여 책이라는 모양새로 완성해 내고 싶은, 원초적 만들기 본능에 가깝다고나 해야 할까.

다행히 요즘은 누구나 책을 낼 수 있는 시대. 뭐든 직접 해 봐야 다음 선택도 쉬워진다. 혹시 출판을 염두에 두신 분들이라면 우선 재미로라도 독립출판 해 보길 권한다. 원고의 마지막까지 스스로 퇴고하고, 제작 비용을 마련하고, 제본 부수를 정하고, 독립 서점에 입고하는 전 과정을 한 번쯤 경험해 보라는 이야기다. 마음이 손끝으로 나와 글로 탄생하는 과정뿐 아니라, 그 글이 어떤 과정을 거쳐 다른 사람의 마음에 들어가게 되는지를 샅샅이 경험하고 나면 글을 쓰는 자세부터 달라질 것이다.

지난번에 그렇게 실험적으로 만들어 낸 첫 책, 『잇 드링크 스페인 Eat, Drink, Spain!』은 독립 서점과 인터넷 서점 알라딘에서 제법 호응이 좋았다. 그 과정을 거치면서 출판 관련 분야를 조금씩 깊이 알게 되는 매력도 있었다. 물론 들어가는 에너지가 어마어마하니 공부하는 마음으로 해 보시길.

꼭 거창한 내용이 아니어도 상관없다. 천천히 자기만의 속도로 책 한 권을 오롯이 만들어 보는 재미 또한 각별할 테니까. 남에게 내놓지 않고 혼자 기념으로 간직하기 위한 나만의 작업으로도 즐거이 도전해 볼 만하다. 아무튼, 독립출판. 무조건 한번은 해 보시라. 아자아자!

우리끼리
특강

졸업 삼십 년 만에 동창회가 열렸다. 남편 근무처로 옮겨 다니며 두 아들 키워 내느라 이제야 자기 시간을 갖게 되었다는 과대표가 열성적으로 노력한 덕분이다. 삼십 년 동안 각자 어떻게 살아왔는지 사진이나 글로 먼저 소식을 보내 달라고 하더니, 신문방송 전공생답게 모은 자료로 한편의 근사한 영상 앨범을 만들어왔다. 그걸 다 같이 보는 동안 동창생들은 삼십 년 세월을 훌쩍 건너 단번에 대학 시절로 되돌아갔다.

"얘들아. 우리 아이들 키우며, 남편과 지내며 이 사회의 부조리함을 얼마나 몸소 겪어봤니. 한시름 놓고 나니 이제야 세상 돌아볼 여유가 좀 생기네. 그동안 경험한 일 거울삼아 앞으로 우리 할 일이 뭐 없을까? 이렇게 어렵게 만났는데 그냥 아무 일 없이 또 헤어질 순 없잖니?"

친구들은 각개전투하다가 이제 막 베이스캠프로 돌아와 다시 전우를 만난 기분이라고 했다. 나 역시 그랬다. 비슷한 시기에 딸, 아내, 며느리, 엄마 입장을 같이 경험했다는 것만으로도 이렇게 큰 동지애를 느낄 수 있는지 예전엔 미처 몰랐다. 더구나 서로에게 가장 찬란했던 청춘을 추억이란 이름으로 공유하는 사이니까. 뚝딱하고 동창밴드가 생겼다. 이름하여 8155. 81학번 동기들이 55세에 다시 뭉쳤다는 의미라고 하니 작명 센스까지 통통 튄다.

그렇게 동창 친구들이 매달 만나 서로 겪은 경험과 지식을 나누는 '우리끼리 특강'이 시작되었다. 한창 문화예술기획 과정을 배우고 있다는 과대표 덕분에 모든 일이 술술 풀렸다. 그 아이디어가 너무도 사랑스러웠다. 자생적인 '지혜로운학교'를 보는 것 같아서. 이렇게 본받을 만한 모임이 저절로 생길 수도 있구나 싶어서 기꺼이 기록자 역할을 자청했다. 한창 발송 중이었던 오지랖통신에도 부지런히 담아 올렸다. 실제로 벌어지는 백세시대의 해법과 대안의 사례로 참고해 주길 바라는 마음으로.

첫 테이프는 '나이 듦'에 관한 주제로 노년학을 공부하는 친구가 끊었다. 남편 따라 유학 가서 아이 키우는 동안 외국의 시니어 활동을 눈여겨보다가 배우기 시작했다고 한다. 드나들던 도서관 사서의 추천으로 교육기관과 연결되는 행운을 얻었다면서 우리에게 웰에이징 강의를 해 주었다. 나도 출간한 지 얼마 안 된 엄마 난중일기 저자로서 '부모 되는 철학'이라는 제목으로 이야기를 나눴다.

경력 단절에 상관없이 기어이 자기 길을 찾아낸 친구도 많았다. 아이들 대학 보낸 후 마흔여섯에 미국 유학길에 올라 늦깎이 박사가 된 친구도 있었고, 다른 일을 하던 자매들과 의기투합해 함께 가게를 열었다는 친구도 있었다. 홀로 남겨진 외로움 때문에 상담 공부를 시작했다가 전문가가 되었다는 친구, 와인에 빠져 소믈리에가 되었다는 친구까지도.

공동체 주택에서 생활한다는 친구 집 옥상으로 몰려가 바베큐 파티도 벌였고, 지금은 은퇴하신 당시 최연소 대학교수 선생님을 모셔서 '4차 산업혁명과 여성'이라는 주제로 특강을 듣기도 했다. 연말에는 우리끼리 송년 파티 겸 학예 발표회까지 두루두루. 모처럼 살맛 나는 시간이었다.

그중엔 32년간 한 직장에서 근무하다가 은퇴를 앞둔 친구도 있었다. 친정엄마가 아이를 키워 준 덕분이라고 손사래를 쳤지만, 우리 시절에 결혼 육아를 병행하면서 직장 생활을 버텨 임원까지 올라간 경우는 매우 드문 사례였다. 이참에 우리끼리 은퇴식을 해 주자는 의견이 나왔다. 은퇴도 없고 직급도 없는 '줌마월드' 입성을 화려하게 축하해 주자고.

직장 생활 32년을 기념하는 서른두 송이 장미를 준비하고 "축 줌마월드 입성"이라고 새긴 떡케이크도 주문했다. "은퇴하

면 그리스 해변에서 비키니라도 입어야 하는데…"라며 그리스
와인 협찬까지 받았다. 나는 상장 제작을 맡았다. 딸의 도움으
로 디자인을 완성하고 '꼿꼿상'이라는 이름으로 문구까지 다듬
어 얹었다. 모임 당일엔 꽃다발과 상장에 꿈을 담은 그리스 와
인까지 한 잔씩. 촛불도 불고 기념 촬영으로 왁자지껄한 하루를
보냈다.

　서로 다른 길을 헤매며 돌아왔지만, 이렇게 친구들과 각자의
삶을 나눌 수 있어서 얼마나 다행인지 모른다. 문득 몇 년 전 일
이 떠올랐다. 명예퇴직한다면서 "이제부터 나랑 놀아 줘."라던
옛 친구. 그때만 해도 나는 끝없는 무급 노동이 한참 억울했던
전업주부여서, 그녀의 '놀아 줘.'라는 말이 참 서운하게 들렸다.
너는 은퇴하고 연금 받으며 공식적으로 놀겠지만, 나는 그럴 명
분도 없이 남에게 평생 노는 사람으로만 보였구나 싶어서.
　그 시절엔 그런 미묘한 감정 차이조차 여유롭게 받아넘기질
못했다. 그랬던 내가 이젠 친구 은퇴를 축하해 주러 열 일 제치
고 달려갈 정도가 되었다. 좋은 사람들과 어울리며 하고 싶었던
일을 하나씩 해나가다 보니, 앵돌아진 마음이 조금씩 풀어지며
너그러워졌나 보다. 참 고마운 징검다리다.

조각 노트

우리끼리 특강, 매달 만나 놀며 배운 것

1강. 나이 듦의 이해

2강. 부모 되는 철학

3강. 나의 리더십 스타일

4강. 금손 세자매 창업탐방

5강. 관계, 거리가 필요해

6강. 함께 잘 먹고 잘 놀기

7강. 30년 직장 은퇴 보고서

8강. 4차 산업혁명과 여성

9강. 와인의 세계 좀 알려 줄까?

10강. 우리끼리 송년잔치

◀ 우리끼리 특강 상세보기

전업주부는 언제 은퇴해요?

작아지는 질문,
얼마 버세요?

엄마들끼리 이야기를 나누다 보면 가끔 도를 넘는 개인적 질문이 경계 없이 훅 치고 들어올 때가 종종 있다. 불편하긴 해도 나쁜 의도는 아니다. 세상을 함께 살아가는 동료로서의 궁금증이라 여기면 그뿐. 그런 질문을 한다고 괜히 민감하게 반응하는 사람들이 오히려 유난하다고 생각했다.

만나기만 하면 집안 이야기, 자식 이야기를 서슴없이 주고받는 아주머니들 수다에 애꿎은 프라이버시를 털리게 되는 가족도 질색이긴 마찬가지. 그들의 원성에 사과는커녕, 그냥 동종업계 종사자끼리 사업 고민 나누는 것과 비슷한 것이라고 얼렁뚱땅 넘어간 적도 여러 번이다. 굳이 사람 사는 일에 공적이니 사적이니 경계를 지을 필요가 없다며 받아쳤는데, 그런 나도 조용히 입 나무는 날이 생길 줄이야.

평생교육 센터에서 시니어 취·창업에 관련한 설문 조사를 하던 중이었다. 오십 이후에 새로운 인생 설계를 하는 사람이 대상자라고. 긴 설문 항목이 이어진 끝에 나이, 거주지, 성격, 희망 직업 같은 것들을 묻는 마지막 페이지까지 도달했다. 척척 답을 쓰던 손길이 그만 마지막 질문에서 딱 멈추고 말았다.

"당신의 현재 수입은 얼마입니까?"

순간 얼굴이 화끈거리며 머릿속이 복잡해졌다. 혹시 0원? 앞선 질문에 신나게 적어 내려간 장밋빛 포부와 미래 희망이 경제적 현실과 대비되면서 갑자기 힘을 잃었다. 한없이 초라하게 느껴졌다. 이제까지 해왔던 대부분의 설문 조사는 가정 전체를 대상으로 하는 것이었다. 독립된 개인으로서 대답하는 건 정말 오랜만이었다.

'얼마 버세요?'라는 질문이 마음속에 가시처럼 날아와 콕 박혔다. 결혼하고부터 부부 공동 운영에서 업무를 나눴다고 생각했기에 구체적인 나만의 수입을 따로 헤아려 본 적이 없었다. 대외적으로는 남편 수입이 전부인 외벌이 구조라 따로 내세울 만한 수입원도 없었다. 객관적 숫자 하나로 내가 이렇게 단번에 작아질 수 있는 존재라는 걸 그날 처음으로 체험했다.

통계를 내는 데 필요해서였겠지만, 그때의 경험은 오래도록 큰 충격으로 남았다. 사람 사는 게 다 비슷하다면서 프라이버시 공개에 무심했던 내가 얼마나 오만한 건지 깨닫는 순간이기도 했다. 설문지를 고이 접어 가방에 넣은 채 그냥 돌아섰다. 구체적인 액수를 알려 주고 싶지 않아서.

그동안 얼마나 경제적으로 무능한 '비영리 개인'으로 살아왔는지 스스로 돌아봤다. 굳이 일할 때마다 노동 가치를 돈으로 환산해 본 적은 없었다. 꼭 필요한 일이면 어떻게라도 시간을 냈고, 그것에 들어가는 노동의 기회비용조차 아까워하지 않았다. 하지만, 개인으로 활동하려면 이런 식의 경제 감각은 누구에게나 꼭 필요한 기본적인 고려사항이라는 걸 받아들여야만 한다.

주부로 살다 보니 이런 감각이 무뎌져 있었다. 늘 얼마나 중요한가, 의미 있나, 재미있나, 도움 되나 같은 가치 기준만 열심히 헤아리며 살았다. 자연히 적극적인 경제 활동은 외면한 채, 새는 낭비를 막는 정도에 그쳤다. 나이 든 엄마가 갑자기 돈에 집착하는 이유는 이런 뒤늦은 자각에서부터 비롯되는 건 아닐까.

좀 더 종합적인 경제관념을 장착해야 할 필요가 있었다. 아이 키우며 살림만 하던 시절엔 그 자체가 본업이기에 나머지 시간은 마음 가는 대로 쓰며 살았다. 하지만 예전처럼 '노는 입에 염불하는' 기분으로 분산 없이 살다가는 금세 밑천이 드러날 것이 뻔했다.

전업주부나 엄마라는 방패막이 없이 독립적인 생활인으로 살아가려면, 앞으로 나의 정신적 물리적 시간과 에너지를 자본의 일종으로 생각해야 한다. 만사 돈으로 따지는 모습은 아니어도, 시간과 공력도 돈만큼이나 신중하게 써야겠다고 결심했다. 그래야 얼마 남지 않은 기운을 좋은 곳에다 쓰면서 인생을 알뜰하게 누릴 수 있을 테니까.

예상치 못한 질문 하나로 점점 인생의 똑순이가 되어 간다. 그냥 두루뭉술 넘기고 말 일도, 생각이 막히면 어떻게든 답을 찾고 싶어 끙끙대는 버릇 때문에 가끔 이렇게 덕을 본다.

조각 노트

독립적인 생활인이 되기 위한 얼마 버세요 대응법

1) 쓸 수 있는 자본을 비용 뿐 아니라 시간과 노력도 포함할 것
2) 얻고자 하는 인생의 가치가 무엇인지 우선순위를 매겨볼 것
3) 돈과 시간과 에너지를 하고 싶은 일에만 집중해서 쓸 것
4) 취미가 일로도 바뀔 수 있는 덕업일치 테마를 찾을 것

전업주부는 언제 은퇴해요?

민달팽이
프리랜서

'왜?' '무슨 일로?' 워케이션(Work+Vacation) 삼아 오랫동안 집을 비워야 할 때 지인들에게 가장 많이 듣는 질문이다. 그들은 늘 자기들이 쉽게 이해할 만한 대답을 원한다. 거기에 우물쭈물 '그냥'이라고 하거나, '기회가 생겨서'라던가, '답답해서' 정도의 애매한 핑계를 댔다가는 당장 구박을 받는다. 동냥은 못 줄망정 쪽박이라도 깨지 말 일이지, 사람들은 괜히 한 번씩 시비를 건다. 바람났냐는 힐난이나 팔자 좋다는 야유는 물론, 떠나지 못하는 자의 부러움 섞인 찬탄마저도 반복해서 듣다 보면 부담스럽다.

프리랜서 창작자의 삶은 일과 놀이를 똑 부러지게 나누기 곤란할 때가 많다. 마치 껍데기 없는 민달팽이처럼 나를 감싸 줄 사회적 방호막이 없는 상태니까. 노는 것도 아니고 일하는 것도 아닌 경계 지대에서 탐색과 도전을 반복하기도 한다. 지금 당장 그만두어도 누가 뭐라고 하지 않을 연구와 실험이 대부분이기 때문이다. 움직일 때마다 수익은커녕 기껏 모은 자금까지 투자해야 하는 경우도 흔하다.

프로젝트가 생기면 노트북을 들고 어디론가 잠적해서 일에 집중하는 상황을 만드는 게, 사무실 유지하는 것보다는 여러모로 경제적이다. 그런 사정을 모르고 사람들은 매번 놀러 다닌다고만 생각하니 변명을 늘어놓으면서도 괜히 억울해진다. 그럼에도 이렇게 살아가는 게 가장 효율적이니 어쩌랴.

프리랜서의 삶에는 미래에 대한 막연한 불안과 함께 기어이이 생활을 버텨내려는 안간힘의 매력이 공존한다. 오죽하면 그 상태를 '아티스트 웨이'라고 정의하면서 지내야만 했을까. 어떤 이들은 조직 없는 프리랜서로 살려면 퍼스널 브랜딩이 필수라고 조언해 주지만, 그런 규격이 또다시 나를 가두는 틀이 될까 봐 주저하게 된다.

속사정도 있다. 엄마로 살아가는 긴 세월 동안 나는 시간이 허락하는 한 닥치는 대로 할 수 있는 일을 구분 없이 맡아왔다. 전문가의 영역이 아닌 일, 종합하고 연결하느라 잔신경을 많이 써야 하는 일, 누군가 수시로 일손을 보태야 겨우 돌아가는 일들이 맥락도 없이 찾아왔으니까. 그런 일을 맡으면서 쌓인 다양한 경험들이 지금 내게 남은 자산이다. 이젠 어떤 일을 시작하는 데에도 두려움이 별로 없다.

전업주부는 언제 은퇴해요?

꾸준히 글은 썼으나 오십이 넘을 때까지 나는 직업란에 무직 혹은 주부라고만 적었다. 직업이란 그것으로 먹고살 만큼의 경제 소득을 얻어야만 한다고 믿었기 때문에. 놀아 본 적은 없으되, 해 온 일이 항상 돈 받으며 하는 일도 아니어서 직업이라고도 할 수 없었다. 굳이 작가라고도 말하지 못했다. 글로는 도저히 먹고살 만큼의 밥을 벌 자신이 없어서.

이젠 그렇지 않다. 직업이라는 게 꼭 경제적으로 입증해야 할 필요가 없다는 쪽으로 마음이 기울어졌다. 길게 보니 직업이라는 게 항상 생계 수단인 것도 아니더라. 성공한 직업인이 그로 인해 쫄딱 망하기도 하고, 앞으로 벌면서 뒤로 손해 보는 사람도 많으니까. 그렇게 생각하자면 이미 내 직업은 열 개도 넘지 않을까.

그럼에도 마지막엔 그저 작가로 불리고 싶다. 소설가나 시인처럼 순수 문학 장르가 아니어도, 평생 글을 쓰며 인생을 기록하는 사람으로 살았으니 말이다.

은퇴통장
아이디어

그녀는 두 딸이 초등학교 다니던 즈음, 금실 좋던 남편을 잃었다. 늘 과로에 시달리던 남편이 갑자기 간암 판정을 받고 입원한 지 한 해도 넘기지 못하고서. 젊은 나이에 닥친 청천벽력에도 불구하고 생계를 위해 과감해져야 했다. 대기업에 근무하면서 얻게 된 능력으로 시장통에 미용실을 차렸다. 경제력을 좀 더 보강할 필요가 있어서였다.

학부모 모임에서 그녀를 처음 만났다. 반장 엄마이면서도 자주 참석 못 해 미안하다며 덤덤하게 자기 이야기를 그렇게 털어놓았다. 그때까지 사는 이야기로 수선스럽던 엄마들이 괜히 미안해져서 말문이 다 막혔던 기억이 난다. 이후로 머리 손질할 일이 있을 땐 그녀의 미장원에 찾아가 한 바가지 수다를 떨다 헤어지곤 했다. 동네 한 귀퉁이 미용실에만 갇혀 있는 것 같은데 어찌 그리 세상 보는 눈이 밝은지.

아이들이 뿔뿔이 다른 학교로 가고, 멀리 이사를 나오게 된 후로 발걸음도 뜸해진 어느 날, 그녀에게 연락이 왔다. 가게를 접었다면서 얼굴이나 볼 겸 드라이브 가자고. 우리는 모처럼 자동차를 타고 임진각까지 내달리며 쌓인 이야기를 나눴다. 그녀의 두 딸은 대학 졸업하자마자 다들 취직에 성공했단다. 가장으로서 느껴야 했던 경제적 중압감에서 벗어나니 자식 혼사가 코앞. 이제 두 딸이 결혼하면 함께 보낼 시간도 드물겠다는 생각에 가게를 접었다고 한다.

바로 다음 날부터 아이들과 여행을 다녔다니 그 폭발력을 짐작하고도 남았다. 평생 한 공간에 묶여서 참아야 했던 일이 얼마나 많았을까. 그녀는 아이들이 결혼하기 전까지 좀 더 시간을 함께 보내다가, 세상 구경하면서 다음을 준비할 작정이라고 했다. 이제야말로 정말 하고 싶었던 일을 마음껏 해 볼 차례라며. 나는 그녀의 행보에 힘찬 박수를 보내 주었다. '열심히 일한 당신 떠나라'라는 구절이 얼마나 잘 어울리는 상황인가.

그런 이야기 중에 그녀에게 들었던 단어 하나가 아직도 귓가를 맴돌고 있다. 은퇴통장!

"만사를 꼼꼼하게 준비했다고 생각했는데 막상 이 시간이 되고 보니 하나 놓친 게 있습디다. 어차피 평생 한 가지 일만 하며 살 수는 없는 시대잖아요. 시기와 형편에 따라 사는 방식을 바꾸려면 충분한 재충전과 탐색 과정이 필요하죠. 쉬는 동안 쓸 생활비 대책은 세워 놨는데, 닥쳐보니 그게 다가 아니에요.

그 시간을 제대로 활용하려면 업그레이드를 위한 투자 비용이 필요한데, 그 생각을 미처 못 했더라고요. 사람이 벌다가 안 벌면, 그것만으로도 잔뜩 위축되는데 예상치 못한 비용을 쓰자면 얼마나 주저되겠어요. 시간은 되는데 갑자기 돈줄이 딱 막히는 거죠.

그래서 저는 요즘 사람 만날 때마다 무조건 말해 줘요. 은퇴통장 하나 따로 만들어 두라고. 그걸로 사는 일에 바빠 못 해 봤던 거, 하고 싶었지만 차마 저지르지 못한 거, 충분히 해 보면서 자기를 회복하는 데 쓰라고. 그래야 다음 행보를 내디딜 힘이 생긴다고요.”

당장 사는 일에 허덕대는 사람들에게 그런 말을 꺼냈다가는 한가한 소리 하지 말라고 핀잔만 들을까 봐 여태 잠자코 있었는데, 곰곰 생각하니 그게 아니다. 만약 나에게도 옛날부터 은퇴통장이라는 게 있었다면, 힘들 때마다 자신을 위로하느라 언 발에 오줌 누듯 찔끔찔끔 지름신을 영접하지는 않았을 거 같다. 한푼 두푼 비밀리에 모으면서 은근한 쾌감까지 느끼지 않았을까.

은퇴통장, 그거 그거 생각할수록 참 좋은 아이디어다.

전업주부는 언제 은퇴해요?

3장 | 기웃기웃 사람산책

비슷한 고민에서 출발한
열 명의 선배주부 인터뷰

+ 김정은 작가가 진행한 당사자 연구
「엄마 경력으로 자기 일을 찾은 선배 주부」를 기반으로 재
구성함

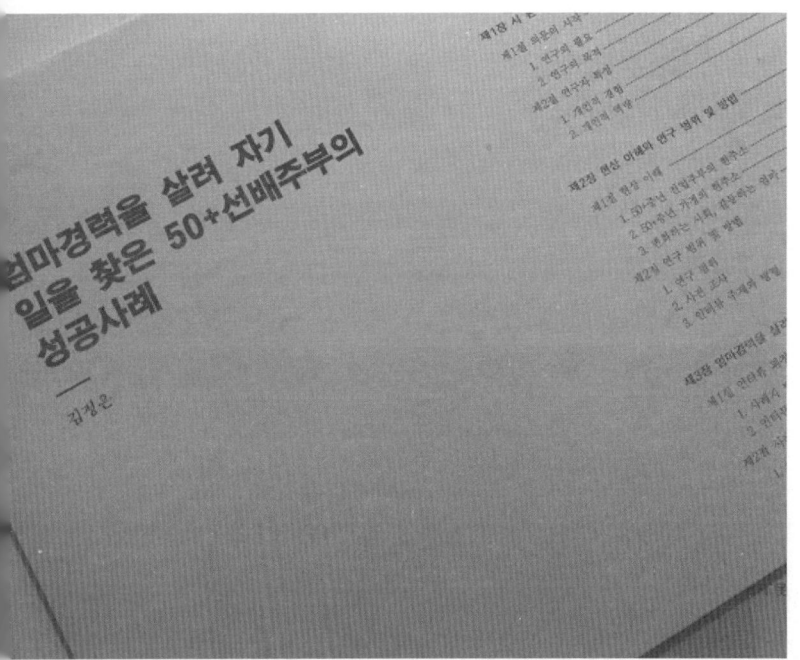

장점을 찾아주는
상담가로

글쎄 돌아보니 신랑을 그리 죽자고 좋아했던 것 같지 않은데, 왜 그렇게 결혼을 일찌감치 했을까 나도 궁금할 때가 있어. 하하. 우리 때는 그냥 누구나 그랬던 거 같아. 결혼 적령기라는 게 있어서 나이가 차면 좋은 사람 만나서 결혼하고, 자식 낳고, 엄마 노릇 하고. 다들 그렇게 살아야 하는 줄로만 안 거지. 치열하게 고민하지 않고 세상이 정해 준 대로 살았는데 감사하게도, 편안하고 무탈하게 잘 지내왔던 거 같아.

결혼 초기에는 일을 놓지 않았어. 리포터 생활도 하고 이것저것 일을 보이는 대로 맡아서 하느라 아등바등했지. 일이란 게 어찌 보면 본인의 정체성을 느끼게 해 주는 거잖아. 사회와 연결되는 끈이기도 하고. 그런데 남편이 전국으로 발령 받아 돌아다니는 직업이어서, 둘째까지 낳고 나니 더 이상 어쩔 도리가 없더라.

그냥 엄마 노릇에나 전념해야겠다며 욕심을 내려놓았지. 하지만 시간이 지날수록 세상에 완벽한 엄마는 없다는 사실만 깨닫게 되더라고. 엄마 역할은 하면 할수록 자괴감이 생기더라. 그러다 보니 마음 한구석이 늘 허전했던 것 같아.

생활에 활기를 채우고 싶어서 꾸준히 뭔가를 배우러 다녔어. 요가, 퀼트, 골프 등등 말이야. 그런데 뭘 해 봐도 이게 다 몇 년만 지나면 유야무야 시들해지는 거라. 난 왜 이렇게 잘하는 게 없을까 싶어서 자신감이 많이 떨어졌었지.

결혼을 일찍 했으니 아이들도 빨리 키웠어. 작은 아이마저 외국으로 유학을 가고 나니 내 나이 마흔넷에 벌써 빈 둥지가 됐지. 어디에도 마음을 붙일 데가 없더라고. 저절로 아무 때나 눈물이 흐르더라.

　이런 게 우울증인가 싶어 걱정이 됐어. 어디 가서 상담이라도 받아 보고 싶었지. 마음은 굴뚝인데 그런 델 선뜻 찾아가기가 요즘보다 더 어려운 시절이었어. 병원 대신에 학교 가서 배우는 걸 선택하게 되더라. 그렇게 상담 공부를 시작해서 이제 십년이 훌쩍 지났네. 적성에 안 맞았으면 십 년 참기가 꽤 힘들었을 텐데, 이번에는 웬일인지 싫증도 안 나. 계속하게 되더라고. 앞으론 뭐가 됐든 십 년은 해 보자고 결심했던 덕분이기도 했지만, 그만큼 내게 잘 맞았던 거지. 상담 공부를 선택한 건 정말 잘한 선택 같아.

　처음엔 무엇보다 나 자신을 너무 알고 싶어 시작했어. 하나둘 배우다 보니 점차 자기 이해가 되더라. 공부하면서 그런 부분을 많이 해소했지. 이젠 나처럼 답답했던 그 누군가를 위해 사회적 엄마 노릇도 해 줄 수 있으니 말이야. 그 사람이 얼마나 답답하고 간절하면 나한테까지 찾아왔겠어. 누구에게도 위로와 공감을 못 받으니까 상담실 문까지 두드리게 된 걸 서 아니야. 그 과정에서 얼마나 혼자 고민을 많이 했을까 싶으니 저절로 정성을 쏟게 돼.

엄마 역할에서 가장 중요했던 게 뭐냐고? 그건 아마도 생명에 대한 책임감 아닐까. 아이를 키우며 알게 된 건 '사람을 좋은 쪽으로 인도하는 비결'이야. 문제점을 찾아 고치는데 집중하는 방법으로는 변화와 발전이 잘 오질 않더라고.

엄마로서 이미 그런 경험을 쌓았기 때문에, 나는 상담을 할 때 내담자가 가진 문제에 집중하지 않아. 오히려 그에게 숨어 있는 장점을 발견해 그걸 키울 수 있도록 방향을 잡아 주지. 그게 훨씬 더 효과적이라는 걸 알고 있거든. 평생 아이 키우며 우리가 하던 일이잖아. 어떻게 하면 잘 자라게 할 수 있을까 늘 고민하면서 말이야.

그렇게 나에게 와서 조금씩 변화되는 내담자를 보면 뿌듯해. 그 과정에서 나도 같이 성장하는 것 같아. 세상 보는 눈도 많이 넓어졌고. 옛날엔 나의 모자란 점에 초점을 맞추고 거기에만 집착했는데, 이젠 저절로 나에게도 너그러워지더라. 돌아보니 참 감사한 삶이구나 싶어서 겸손해지기도 해.

이전에는 뭔지 모르게 나에 대해서나 세상에 대해서 불만이 많았는데, 일을 가지면서부터 세상과 나에 대한 이해가 넓어진 것 같아. 남편과도 예전보다 훨씬 대화의 반경이 넓어졌어. 일과 삶이 점차 하나로 통합되어 가는 중이라고나 할까.

요즘엔 개인 상담뿐 아니라 함께 일하는 상담연구소 안에서도 그래. 선배로서 해낼 몫이 있으면 도와주어야겠다는 생각이

들거든. 굳이 앞장서서 주도하려는 생각은 없어. 대신 나이와 상관없이 기꺼이 동행해 줘야겠다는 마음인 거지. 이제 매사에 용쓰지 않고도 가볍게 걸어갈 수 있는 속도에 적응이 되었다고 나 할까.

　힘들어하는 젊은 엄마들에게 해 줄 말이 없냐고? 으음. '완벽한 엄마 되기'를 포기하라는 말부터 해 주고 싶어. 그런 건 애초에 없거든. 차라리 엄마 자신도 평범한 인간이라는 걸 인정하고 자기 자신과 화해하는 게 더 좋겠지. 나는 사람이 자신의 정체성을 찾아내는 것이 성공이라고 믿어. 그 과정에서 잠재력을 조금씩 발현시키며 성장하면 되는 거지.

이젠 남을
꾸며주며 살지

전업주부는 언제 은퇴해요?

평생 내가 남보다 잘했던 건 뭘까? 그건 아마도 '꾸미는' 것일 거야. 전업주부 생활이 따분했었냐고? 아니 전혀! 오히려 너무나 행복했어. 매일 먼지 하나 없이 쓸고 닦고 매만져서 잡지 책에 나오는 집처럼 분통같이 해놓고, 예쁘게 화장하고 머리 만지고 백화점으로 나가서 또 디스플레이 된 것들을 구경하곤 했지.

그러다 애들 올 시간에 맞춰 집으로 돌아와. 오면 다시 가족에게 먹이고 입히는 것에 집중하고. 일상이 풍성해지는 걸 보는 맛에 기분 좋게 꾸미는 걸 엄청난 재미로 알았어. 애들 교육에 열성을 냈던 것도 어쩌면 아이들을 더 보기 좋게 꾸미려는 욕심이지 않았을까 싶어. 내 인생 모토가 '겉 볼 안(겉을 보면 속을 짐작할 수 있다)'이었으니까.

우리 때야 남편이 돈을 벌어오면 살림하는 엄마가 몽땅 쥐고 쓰는 집이 많았어. 경제권이 셌지. 그래도 어쨌든 수입 범위 내에서 살아야지 빚을 질 순 없잖아. 그게 또 엄마가 경제권을 쥐는 기본 의무이기도 하고. 그러다 보니 자연히 적은 돈으로 가장 폼나게 꾸미는 생활 노하우가 쌓일 수밖에.

그런데 그런 것조차 필요 없는 때가 오더라고. 오십 줄에 들어서니 아무리 살난 척하고 예쁘게 입어 봐야 결국 남의 눈에는 나이 든 아줌마로만 보일 거 같은 거라. 레스토랑에 가도 물 흐릴까 봐 구석 자릴 찾게 되고, 어딜 가도 환영 못 받는 사람이 된 것처럼 주눅이 들더라. 집도 아무리 예쁘게 꾸미면 뭐 해. 그 속에서 일상을 보낼 아이들이 없는데. 이제 다들 제 볼일에 바빠진 거지.

처음에는 막연히 카페를 차리면 어떨까 싶었어. 인테리어 실력을 발휘해 멋지게 꾸미고 커피와 샌드위치를 팔아 볼까 했지. 제일 익숙한 거니까. 교회에서 운영하는 카페에서 오래 봉사해 본 경험이 있었거든. 그런데 곰곰 생각해 보니 망하면 의자와 탁자만 남겠더라고. 아우, 내가 또 그런 건 못 보지. 그래서 이리저리 궁리하다가 작은 니트옷 가게를 내게 됐어. 한참 아이들 학원 다닐 때 로드매니저처럼 쫓아다니느라, 기다리는 동안 뜨개질을 했었거든. 그러다 다리 골절상을 입고 꼼짝없이 집에만 있어야 할 때가 있었어. 이때 본격적으로 뜨개질에 재미가 붙었지. 누가 실값만 주면 공짜로라도 떠줄 정도였으니까.

엄마는 처음에 옷 가게를 차린 나를 못마땅해하셨어. 내내 사모님으로 살았으면 됐지, 남들 다 은퇴하는 나이에 뒤늦게 장사를 시작해서 어쩔 거냐고. 나도 처음 하는 일이라 무척 낯을 가렸지. 하지만 생각해 봐. 창창히 남은 세월이 얼만데 잘 꾸며놓은 집에서 남편과 둘이 심심하게 늙어갈 생각을 하니 그게 더 암담하더라고.

남들이 볼까 봐 무서워서 사람도 잘 드나들지 않는 동네 뒷길

전업주부는 언제 은퇴해요?

에, 한 달에 삼십만 원 월세 내는 가게를 얻었어. 거기에 그동안 떠 놓은 옷을 가져다 걸어 놓았지. 예쁘게 꾸미는 건 어차피 내 전공이니 재미가 있고말고. 주위에서 나를 아는 사람들은 놀렸어. 가게 지키느라고 돈 쓰러 다닐 새가 없으니 그것만으로도 돈 버는 거라고.

그렇게 시작해서 벌써 십오 년이 넘었네. 사람들은 가게를 기웃거리며 '나도 뜨개질 배워서 이런 가게나 하나 내 볼까?' 하기도 해. '네, 그러세요.' 하고 웃어 주지만, 글쎄 나처럼 성실하게 이 일을 해낼 수 있을까 싶네. 남들 눈에는 일주일에 겨우 나흘만 가게를 열고 여섯 시면 어김없이 문을 닫으니 놀면서 하는 것처럼 보이나 봐. 하지만 재료 주문, 디자인 개발, 상품 유통까지 다 혼자 하려니 보통 정신이 없는 게 아니야. 우아한 백조의 두 다리가 물 밑에서 얼마나 바쁜지 모르고 하는 말씀이지. 주말에는 뭐 제대로 쉴 수나 있나? 밀린 집안 살림에 위로 아래로 돌봐주러 다녀야 할 사람이 한둘이냐고.

하긴 난 전업주부 시절에도 평생 뒹굴뒹굴 해 본 적이 없어. 드라마 보면서도 멸치 똥을 따거나 다림질을 해야만 시간이 아깝질 않더든. 그 내공이 보여 오늘의 내가 된 거 같아. 아이늘 키우며 살림하던 눈썰미와 부지런함으로 이젠 다른 사람을 꾸며주고 돋보이게 하는 일을 시작한 거지. 쉴 새 없이 백화점이고 시장이고 다니면서 구경하고 사서 입어 보고 했던 것이, 지금 와서는 다 시장 조사비며 연구비로 전환된 셈이니 조금 떳떳해졌지. 하하하.

한 가지 아쉬운 점이라면, 예전엔 어떤 일이라도 내가 하고 싶고 재미만 있으면 시간을 낼 수 있었는데 지금은 그렇지 못해. 자꾸 기회비용을 생각하게 되더라고. 가게를 지키고 있으면 손님을 맞고 물건도 팔 수 있는데. 그 시간에 다른 일이 생기면 그게 마음에 걸려서 오히려 옛날보다 행동반경이 줄어들게 돼. 그럴 때 속상해. 더 오래도록 자유롭게 살고 싶어서 돈을 벌기 시작한 건데 말이야.

고민 끝에 애들이 다 취직해서 경제 독립이 된 뒤로는 과감하게 평일 하루를 더 쉬고 있어. 나를 위한 시간이 너무 없어서 말이야. 그렇게 확보한 시간도 사람 도리 하느라 남에게 다 써버리기 일쑤지만, 오늘만은 나를 위한 날이라고 일부러 주문을 걸어. 어영부영하다가 주객이 전도되는 삶을 경계하고 싶어서.

다시 전업주부가 되어 아이를 키우게 되면 어떻게 하고 싶냐고? 글쎄, 나는 아이들한테 밥은 꼭꼭 차려주고 간섭은 안 하는 엄마가 되고 싶어. 지금 와서 생각해 보면 내 욕심으로 애들을 너무 흔들어 댄 거 같아. 애들이 힘들었을 거야. 나중에는 오히려 에라 모르겠다 하며 내팽개쳐 두니까 더 잘 크는 거 같더라.

전업주부는 언제 은퇴해요?

그래도 밥은 꼭꼭 챙겨 먹이고 싶어. 이젠 해 주고 싶어도 못 해 주니까. 그거만큼 따뜻한 엄마와의 교감이 어디 또 있겠어.

귤나무 회원과
함께하는 농부로

귤 농부가 된 건 생계를 위한 선택이었어. 아이 셋을 한창 키우고 있는데 남편에게 은퇴 위기가 왔으니 말이야. 우리 부부는 호텔 주방에서 만나 같이 일하다 결혼했거든. 그때까진 바쁘게 살았지. 그런데 아이가 정서적으로 불안해 보인다는 선생님 말씀에 집에 들어앉았어. 그러다 갑자기 남편이 제주도 호텔로 발령이 난 거야. 퇴직이 가까워졌다는 걸 직감했지.

뾰족한 수가 없었어. 그냥 아이들을 모두 데리고 제주도로 이사 왔지. 아무 계획도 없이 말이야. 처음엔 정말 막막했어. 근데 여기 와서 보니 사방이 귤밭이더라고. 어릴 때 자연에서 자라서 그런가, 식물 옆에 있으면 늘 마음이 평온해져. 서울에서도 집 귀퉁이에 화분 들여놓는 게 낙이었으니까. 이참에 귤 농사라도 배워 보자 싶었어. 무작정 귤밭에 찾아갔지. 일하다 보니 귤밭 일이 마음에 들더라고. 용기 내서 작은 귤밭을 샀어. 남편 월급만으론 부족하니까 뭔가 도움이 되고 싶었지.

귤나무 해충 방지를 위해 농약을 매번 뿌려야 하는데, 나에겐 그게 영 쉽질 않더라. 노동 강도보다 마음이 말이야. 어쨌거나 나는 호텔 한식부에 근무하면서 섬세한 맛 훈련을 받은 사람이 잖아. 재료의 신선도와 청결함에 집착하며 일했던 사람이 누군가 먹어야 할 음식에 농약을 치는 게 어렵더라고. 이왕이면 유기농법으로 귤을 생산해 보기로 결심했지. 훨씬 더 번거롭다는 걸 알지만, 세상과 한판 붙어 보겠다는 각오였지. 못다 한 열정을 불사르고 싶었거든.

농사지은 귤을 어떻게 팔았냐고? 다행히 집에 들어앉고 나서 답답한 심정을 토로하느라 서울살이할 때부터 글을 쓰던 블로그가 있었어. 제주도로 내려온 사연을 알게 된 엄마들이 블로그를 통해 응원을 많이 해 주더라고. 유기농법은 자연의 영향을 훨씬 많이 받기 때문에 매출이 들쭉날쭉할 수밖에 없거든. 안정적인 판로를 만들기 위해 블로그에다 귤나무 회원 모집 광고를 했어. 봄마다 귤나무 회원 신청을 받아 수확기에 따서 보내는 방법을 택했지. 최소한의 판매 물량이 확보되면 불안이 훨씬 줄어들잖아. 미식가 입맛으로 제일 좋은 시기까지 기다려 직접 나무에서 수확해 보낼 수 있었으니, 서로에게 좋았지.

함께해 준 회원들 덕분에 농부 일에만 전력할 수 있었어. 이젠 언제 서울 살았었나 싶을 정도로 온몸에 노동 근육이 붙고 얼굴도 그을린 농부로 변했지. 그동안 호텔 주방에서 은퇴하게 된 남편도 나와 같이 귤밭에서 일하고 있어. 처음 하는 농부 일이 힘은 들어도 마음은 편하대. 햇살 아래서 일하는 직업이라 어두워지면 집으로 돌아오니까. 한때 우리 부부는 호텔 주방 경력을 살려 귤밭 가운데 요리점을 차려 볼까 생각했었는데 그만두기로 했어. 그러려면 또 우리 부부만의 저녁이 사라질 거 같아서.

　　　　　　　　　전업주부는 언제 은퇴해요?

십오 년을 귤 농사에 매달려 사는 동안 어느덧 아이들도 하나씩 품을 떠났지. 그러고 나니 갑자기 '나는 어디 있지?' 하는 허무함이 밀려오더라. 워낙 자의식이 강하고 뭐든 황소같이 우직하게 밀어붙이는 성격이었는데 웬걸. 이젠 열정도 예전 같지 않고, 체력도 달리고, 집중력도 떨어져. 한때 반짝였던 나만의 감각이 무뎌지고 나니, 뭐든 망설이게 되더라고.

 이젠 뭐든 적당히 하자며 혼자 주문을 거는 중이야. 요즘엔 삶의 많은 것을 다운사이징 하고 있어. 아이들한테도 선언했어. 엄마 역할은 여기서 끝이다. 너희는 스스로 독립해야 한다. 귤나무도 그렇더라고. 매달린 귤이 온전히 익으면 나무가 귤을 저절로 툭 떨구어 내. 자연이 사람보다 더 영리하지 않아? 사람도 자연을 닮아야 할 거 같아. 아무리 부모라고 해도 집착을 못 끊어 다 큰 아이를 계속 붙잡아 두면 결국 서로 힘에 부치니까.

 엄마로서는 어떤 역할에 중점을 둔 거 같냐고? 글쎄⋯. 생각해 보니 아이들에게 세밀하게 관여하진 않았지만, 적어도 집이라는 안정된 기반을 지켜주려고 애썼던 거 같아. 그 덕에 나도 세상을 전체적으로 조망하는 시야를 길렀고, 경제적인 창의성도 생겼지. 예전엔 까칠하고 비판석이었던 성격노 가족 다섯을 품으면서 좀 더 둥글어진 기분이야. 지금은 수백 명의 귤 회원도 자연스럽게 관리하는 정도가 됐지. 경제 위기를 겪으면서 아이들 때문에 물불 안 가리고 앞장서다 보니 어느새 자신감과 효능감도 생겼고.

이제부터 내 삶은 나를 위한 시간이야. 요즘엔 혼자 귤밭에 들어가서 일하고 혼자 밥 먹는 시간이 말할 수 없이 평온해. 아예 귤밭에 있던 창고를 나만의 놀이터로 만들어 볼까 싶어서 요즘 새로 단장하고 있어. 어릴 때부터 그림을 그리고 싶어 했는데 이제야 겨우 그럴 용기와 시간이 생긴 거지. 지금부터 하나씩 그리다 보면, 일흔에는 전시회도 한 번 할 수 있지 않을까.

골목 책방
주인이 되어

지금 하는 일에서 엄마 경력으로 도움 된 것을 꼽아 보라고? 글쎄 어떤 게 있을까? 아마도 생생한 생활 현장을 몸소 경험한 것이라고 해야 할 거 같아. 아이 낳고 돌보는 경험, 그 아이가 자라면서 겪는 갖가지 변화무쌍한 환경, 시댁을 포함하는 문화적 갈등과 조율, 생로병사에 이르기까지 연결되는 가족 돌봄, 시간에 따라 달라진 역할 변화 같은 인간 군상의 실체를 그 어떤 사람보다 골고루 경험하게 되니까.

엄마로 지낸 경험은 지금 운영하는 책방 살림에도 속속들이 도움이 돼. 이것도 다 사람 사이에서 벌어지는 일이거든. 어떤 상황이 닥쳐와도 언젠가 예행연습을 해 본 느낌이 든다고나 할까.

남편이 공부하는 사람이었어. 대만에서 몇 년, 하와이에서 몇 년 도합 십 년간 해외에서 지냈지. 가난한 유학생을 따라간 아내였으니, 나는 그때마다 상황에 맞춰 단기 직장을 개척해야 했지. 생활비를 충당하기 위해 가게 점원으로 일했던 적도 있어. 그럴 때마다 책이라도 없으면 어떻게 살았을까 싶어. 외국 생활의 단점은 무엇보다 우리말로 속 시원하게 소통하지 못하는 거니까. 답답할 때마다 늘 책과 함께 지낸 거 같아.

살림을 맡기고 나갈 형편이 안 되니 제대로 할 수 있는 일도 없었지. 외국이었으니 주변에 나를 도와줄 사람도 없었고. 덕분에 늘 집안 상황에 나를 맞추는 게 버릇이 되었어. 무언가를 주도적으로 하기 어려운 상황에 있더라도 그 안에서 나만의 방법을 터득하는 훈련을 하게 된 거지. 괴로웠지만 동시에 행운이었어. 상황에 맞춰 조금씩 변화하면서 원하는 걸 새로이 선택할 수 있었으니까. 매 순간 아무도 가본 적 없는 나만의 길을 찾아낼 수 있었거든. 정해진 매뉴얼이 있는 직장 생활보다 내겐 그 방식이 더 잘 맞았던 거 같아. 그렇게 정말 조금씩 하고 싶은 방향으로 일을 늘려갔어.

신혼 초엔 시간만 되면 돈 버는 데 급급했지. 어렵게 얻은 신혼집 대출을 갚는 게 급선무였거든. 애까지 업고 다니면서 온갖 일을 닥치는 대로 했어. 경제 활동을 우선하려다 보니 잘하는 일에 집중하게 되더구먼. 내가 잘하는 건 대부분 글 쓰는 일 아니면 책 읽는 일이었어. 나는 정말 어릴 때부터 평생 책과 함께 살았거든. 낯선 환경에 처할 때마다 책으로 숨었지. 책은 언제나 나의 선생이고 친구가 되어 주었으니까. 그러다 보니 국문과까지 들어갔던 거야.

집값을 다 갚으니 그제야 허리가 좀 펴지더라. 2000년대부터는 이제 내가 하고 싶은 걸 좀 해도 되겠다 싶더라고. 박물관 아카데미를 기웃거렸는데 회비가 만만치 않아. 머뭇거리니까 남편이 응원을 해 주더라. 여태 고생했으니 이제 그 정도는 자신을 위해 투자해도 된다고. 그렇게 박물관에 처음 발을 들여놓

앉어. 그게 인연이 되어 십 년 동안 박물관 회지 편집자로 일하게 됐지.

박물관을 오가며 보니 또 미술 작품을 설명해 주는 도슨트가 그렇게 멋져 보이더라고. 도슨트 과정을 배우고 활동도 했지. 평생 테마인 책으로도 그렇게 활동하고 싶었어. 독서 교실을 열고 싶었던 거지. 마침 귀인을 만났어. 내게 뭘 하고 싶냐고 묻길래 독서 교실을 열어 보고 싶다고 했더니, 자기 회사에서 해 보라는 거야. 고급문화 아카데미를 운영하는 회사 대표였거든. 그런 식으로 뭘 하고 싶을 때마다 거짓말처럼 기회를 만나게 됐어.

겁나진 않았어. 새로운 일을 시작하더라도 필요한 정보는 대충 책에 다 나와 있으니까. 그걸 찾아 읽으면 돼. 그렇게 지식을 넓혀가는 데는 아주 익숙하거든. 나는 책이나 강의로 배운 것은 복습 삼아 다시 글이나 말로 정리하고, 관심 가는 일은 직접 경험해 봐야 직성이 풀리는 성미야.

공부 삼아 다양한 일에 도전한 것도 그 때문이지. 그런 경험이 모두 이 책방을 운영하는 데 큰 도움이 돼. 작은 책방이지만 혼자 운영하는 게 쉽지 않거든. 하지만 그래도 너무 좋아. 내가 주인인 이 공간에서만큼은 다른 사람에게 휘둘리거나 타협할 필요가 없잖아. 온전히 내 맘대로 다양한 시도를 해 볼 수 있지.

환갑을 바라보는 나이에 와서, 처음 서촌 골목에 책방을 내고

전업주부는 언제 은퇴해요?

싶다고 했을 때도 남편은 반대하지 않았어. 그동안 내가 얼마나 가정을 우선으로 해왔는지 아니까. 오히려 그때는 아내의 평생 숙원 사업을 좀 도와야겠다고 마음먹었대.

망해도 2년 정도의 가게 월세만 손해 보면 되겠구나 하는 각오를 했다는데, 의외로 내가 잘하고 있는 거지. 아직 한 번도 집에서 돈을 더 갖다 쓰지 않았거든. 남편은 오히려 요즘은 주말에 책방 나가지 말고 자기와 같이 좀 놀아 줬으면 하는 눈치야.

후회? 안 하지. 이 공간에 갇혀 있는 것 같아도 나는 책방 안에서 온갖 사람을 만나고 있어. 얼마 전 휴가를 내고 여행을 다녀왔는데 오히려 그게 더 시들하더라고. 책방에 있으면 정말 다양한 사람들의 생각과 인생을 깊게 여행하는 기분이 들거든.

내년부터는 책방 운영보다 독서 토론에 더 집중하고 싶어. 그들과 또 새로운 뭔가를 기획하는 과정도 무척이나 즐거워. 앞으로 오래도록 책방 회원들과 함께 우리말로 아름답게 표현되는 어른스러운 생각들과 언어를 나누면서 살아가고 싶어. 이젠 정말 그래도 되지 않을까?

음식으로
치유하는 몸

전업주부는 언제 은퇴해요?

나는 딸 부잣집 셋째야. 어릴 때부터 음식 만들기를 참 좋아했어. TV에서 이종임 선생님이 나오는 요리 프로그램 보는 걸 즐겼지. 요리 선생님이 하는 음식은 만들기도 어렵고, 식재료도 조리 도구도 구하기 힘든 것들이어서 마냥 신기하기만 했어. 언젠가 저런 음식을 나도 만들어 봐야지 하는 꿈을 꾸면서 참 재미있게 보았어.

엄마가 장사하느라 바쁘셨기 때문에, 육 학년 때부터 본격적으로 음식을 만들었어. 요즘도 엄마는 가끔 그러셔. 정금이는 오백 원만 주면 반찬 서너 가지를 뚝딱 만들어 놨다고 말이야. 음식이라고 거창하게 차린 건 없어. 옛날이니 연탄불에 밥하고, 석유곤로에 콩나물 익혀서 반은 건져 무치고, 반은 국으로 끓이는 정도였지. 오이도 사다 무치고, 계란프라이도 하고.

비싸지 않은 식재료로 뚝딱뚝딱하는 재주가 있나 봐. 동생들도 그러더군. 초등학교 때 내가 해 준 김치볶음밥을 난생처음 먹어 봤는데, 아직도 그 맛을 잊지 못한다고. 이렇게 음식에 얽힌 추억은 쉽게 사라지지 않는 거 같아.

음식을 본격적으로 공부하게 된 것은 마흔이 넘어서였어. 아이들도 어느 정도 크고 집안 사정이 편안해지니 배움에 대한 갈증이 생겼나 봐. 마침 요리하는 게 취미이자 생활이었으니 자연스럽게 그쪽부터 관심이 가더라. 처음에는 백화점 문화센터에서 퓨전요리와 제과를 배우기 시작했는데, 우연히 코엑스 음식 전시회에서 약선음식으로 연잎밥 만들기를 하는 강의를 보게 된 거야.

배우고 싶었어. 안내문을 챙겨 와서 여러 차례 통화를 시도한 후에야 겨우 연락이 닿았지. 분당에 살 때였는데 한 시간도 더 걸리는 안양에 계신 분이야. 약선음식을 배우려고 한다니까, 전통음식 일 년 과정을 마친 사람에게만 약선음식을 가르쳐 준다고 하더라고. 그래서 전통음식 과정부터 배웠지. 먼 길을 오가며 배우는데도, 힘들기보다는 그 또한 정말 재미가 있었어. 난생처음 직접 떡도 만들고 술도 빚고, 육포도 만들고 약과도 만드니 마냥 신기했나 봐.

더 체계적으로 배워 보고 싶어서 한국전통음식연구소에 다시 등록했어. 처음에는 당시 유행하던 떡 카페를 해 볼까 하는 마음으로 시작했지만, 배우는 일이 너무 재미있어서 결국 연구소의 모든 과정을 다 섭렵하게 되었어. 일주일에 나흘씩 오전 열 시부터 오후 여섯 시까지. 떡, 한과, 폐백, 이바지 음식부터 전통주, 전통음식, 발효음식, 약선음식, 사찰음식, 궁중음식 등을 모두 차례대로 배웠지.

실기를 배우다 보니 이론 공부도 하고 싶었어. 영양학이나 식품학. 책을 사서 혼자 공부하니 잘 안되더라고. 연구소 부설기

전업주부는 언제 은퇴해요?

관인 평생교육원 조리학과에 편입하여 공부하기 시작했지. 이 년 동안 일주일에 세 번은 수업이 밤 열 시에 끝났어. 오전 열 시부터 밤 열 시까지 수업하는 날도 있었어. 이론 수업뿐만 아 니라 양식, 일식 등 실습 과목도 다양해. 학점 은행제로 조리학 과 학사과정을 이수하면서 장학금도 타곤 했지.

지금 와서 돌아보면 그때 참 열심히 살았구나 싶어. 그만큼 음식에 대한 열정이 있었던 거 같아. 일찍 결혼하느라 공부를 제대로 못 했던 아쉬움이 컸나 봐. 그러다 보니 뒤늦게 딴 학사 학위가 두 개나 되네. 하하.

음식에 대해 배우면 배울수록, 만들면 만들수록, 어떤 걸 먹 어야 몸을 건강하게 만들 수 있을까 하는 의문이 생기더라. 음 식으로 못 고치는 병이 없다고 하는데, 뭘 어떻게 해서 먹어야 할까 궁금했어. 남편이 한의사였기 때문에 그런 관심이 더 커졌 는지도 몰라. 나는 약이 아니라 음식으로 병을 고치고 싶은 거 지. 궁금증을 풀기 위해 여기저기 배우러 다니고 책도 찾아보았 지만, 해답을 얻기는 쉽지 않았어.

그러다 우리 가정에 경제적인 어려움이 닥쳐왔어. 취미로만 배우러 다닌 음식 솜씨를 발휘할 기회였지. 서울 생활을 접고 남편 고향인 이곳 제천에서 한방자연치유센터를 맡게 되었어. 자연치유가 뭘까. 자연치유가 되는 음식은 무엇이 있을까 찾아

보았는데 시간이 흐를수록 점점 오리무중이야.

책이나 다른 자료를 찾아보면 정말로 각종 요법이 다 나와. '생식만 먹어라, 채식만 먹어라, 현미밥을 먹어라. 노니를 먹어라, 고단백 고지방식을 해라, 모두 익혀서 먹어라, 익혀서 갈아 먹어라' 등등. 저마다 효과를 봤다는데 도대체 뭐가 맞는지 헷갈려서 혼돈의 바다에 깊이 빠져드는 기분이었지.

궁금한 김에 다시 사이버 대학으로 편입했어. 대학원에 가서 공부하려고 했으나 센터를 비우는 것이 어려웠어. 온라인으로 공부할 수 있는 디지털 대학교를 가야겠다고 생각했지. 2년 공부하고 어느덧 세 번째 학사 학위를 받았어.

음식치유를 공부한다면서 정작 내 체험이 없으면 안 되겠다 싶어 나를 대상으로 실험에 돌입했지. 그러면서 깨달았어. 다른 사람 살리는 음식에는 평생 그토록 열정을 보이면서 정작 내 몸은 전혀 돌보지 않고 있었다는 걸 말이야. 이젠 내 몸의 변화를 즐겁게 누리며 돌보는 걸 게을리하지 않아.

그런 과정을 거쳐 오면서 나만의 일을 만들어 낸 거 같아. 이제 '음식으로 치유하는 방법을 가르쳐주는 선생님'이 되고 싶으니 말이야. 그래서 아예 '음치쌤'이라는 별칭도 만들었어. 여태 배우고 경험한 것을 통해 사람들에게 좋은 음식을 만들어 주기도 하고, 먹는 방법을 알려 주기도 해. 음식을 통해 내 몸을 돌보

전업주부는 언제 은퇴해요?

게 되면, 아프지 않고 건강하게 살 수 있다는 믿음으로 말이야.

너무 어린 나이에 시집와서 그랬는지 이제까지는 뭘 하든 가족 테두리 안에서 할 수 있는 일만 생각했어. 남편과 같이 운영하는 치유센터에서 내가 할 수 있는 역할을 맡는 식으로 말이야. 이젠 아이들도 다 독립했으니, 스스로 혼자 할 수 있는 영역을 만들어 보고 싶다는 생각이 들어. 그걸 '음치쌤'이라는 이름으로 해나가고 싶은 거지. 남편과도 서로 보완하면서 잘 헤쳐나갈 수 있지 않을까?

내 삶이 그런 것처럼, 아이들에게도 꼭 대학에 가라고는 안 했지. 마음대로 하랬더니 대학 안 간 아이도 있어. 하지만 불안하지 않아. 사람은 평생 배우는 거잖아. 하고 싶은 일이 있으면 나처럼 뒤늦게 배우겠지. 그럴 때 해도 늦지 않다 싶어. 그저 건강하게 살면서 서로 응원해 주고 지금처럼 오순도순 사는 것도 나쁘지 않아.

각자 행복해지기만 하면 좋겠어. 방법이야 내가 모르지. 자기들이 알아서 찾아내야지. 나는 다만 그들에게 좋은 음식을 먹이려고 애쓰는 거밖에 해 줄 게 없어. 그런 게 쌓여 내 경력이 된 거지. 그렇게 다 사랑하고 살면서 자기 길을 만드는 거라고 믿어.

사람 공부로
쌓은 필력

전업주부는 언제 은퇴해요?

엄마의 경력에서 얻은 게 뭐냐고? 아마도 아이들을 키우는 동안 사람에 대한 이해가 높아지고 생각이 커졌다는 점이겠지. 아이들을 기르지 않았다면 나는 진짜 사랑이란 게 무엇인지 모르고 살았을지도 몰라. 가슴으로 하는 사랑 같은 거 말이야.

나의 유년은 지독히 가난했어. 그 가난이 항상 나의 발목을 잡고 있다고 생각했지. 그런 환경 때문에 원하는 만큼 마음껏 꿈을 펼칠 수도 없었어. 대학에 붙었을 때도 등록금 걱정으로 조마조마했고. 내 아이는 안 그렇게 키우고 싶었지. 그래서 기를 쓰고 뒷바라지했던 거야. 나처럼 가난 때문에 공부를 마음껏 못하는 슬픔을 겪지 않게 하려고.

아이들은 언제나 고맙게 인풋만큼 아웃풋을 내주었어. 공부를 잘하니 점점 신이 났지. 난 동네에서도 유명한 맹모였어. 그렇게 공부 잘하던 아들이 승승장구해서 목표하던 대학교에 들어가니 얼마나 뿌듯하던지. 그런데 몇 년 지나고 그 아이가 그러는 거야. 지금 전공이 마음에 들지 않는다고. 다시 수능 공부를 시작해서 원하는 공부를 시작하겠다고. 이과생이었는데 갑자기 이 아이가 인문학을 공부하겠다지 뭐야. 그날의 충격이라니. 내가 여태 뭐한 거지 싶었어.

그때부터 방황이 시작됐지. 받아들일 수 없는 갈등에서 헤어나기 위해 서울로 향했어. 그리고 여행을 시작했어. 집 근처에서만 맴맴 돌던 나의 삶에 거대한 파격이 생긴 거지. 늘 동경하던 글 친구 소개로 여행작가 수업을 들으러 서울로 오고 갔어. 뭔가 탈출이 필요했던 거 같아. 그때까지는 아이들을 위해 총력매진했었으니까. 늘 가족 안에서만 맴맴 돌던 내 삶에 환기가 필요했나 봐. 가정에 과하게 몰입했던 내 인생을 조금씩 끄집어내기 위한 절차였다고나 할까.

그 후로 아들이 자기의 선택대로 다시 수능을 보는 동안, 나 또한 나의 길을 찾아 헤맸어. 그렇게 홍역을 치르면서 나를 정리하기 위한 첫 번째 책을 냈지. 평생 책 읽는 사회를 만들려고 '책문화운동'을 벌이는 동안, 언젠가는 작가로 살고 싶다는 꿈이 간절했거든. 두 번째 책부터는 출판사를 거치지 않고 스스로 내보자 싶어서 전자책으로 내는 중이야.

잘 팔리냐고? 이제 겨우 첫 발자국을 떼었는데 책이 팔리는 것에 마음을 두긴 아직 이르지. 그보단 내 생활이 작가의 일상으로 변한 게 더 중요해. 그리고 그것에 충분히 만족하게 되었다는 거. 아이들 키우며 형편이 안 되어 늘 미뤄두기만 했던 꿈이었는데 아이가 제 갈 길을 찾아가면서 나 역시 용기를 내게 된 거야.

우리 때야 요즘처럼 자기가 하고 싶은 걸 하면서 살라고 얘기

해 주는 사람도 없었잖아. 다들 목구멍이 포도청이었지. 어떻게든 자신의 노동으로 먹고사는 문제를 해결하면서 사람 도리를 하며 살아야 했으니까. 결혼할 때는 그 시절 많은 여인이 그렇듯이, 나 또한 그냥 현모양처가 꿈이었어. 가정을 잘 건사하고 아이들을 잘 키우는 평화로운 집을 만들고 싶었지. 그게 나의 본분이며 행복이라고 생각해서. 하지만 그렇게 살래도 돈이라는 게 필요하더라고.

월급쟁이 남편과 살면서 빠듯한 생활비로는 교육비까지 충당하기 어렵더라. 집에서 나도 아이들을 가르쳤어. 공부 잘하는 아들 덕분인지 수업 요청이 계속 들어왔지. 열여덟 해를 했는데 이번에 아예 과감하게 싹 다 정리했어.

돈에 연연하지 않고 이제부터는 내가 하고 싶은 일에 집중해야겠다 싶어서. 이제 교육비 부담도 없어졌고. 아이들도 엄마가 자신의 삶을 살았으면 좋겠다고 해 주더군. 하긴 이제 나도 그들로부터 분리되어 나 자신의 삶에 책임질 나이잖아.

맞아. 생각보다 돈을 포기하긴 쉽지 않았어. 알게 모르게 쏠쏠한 수입이었는데. 하지만 그 미련을 깨끗하게 버릴 만한 계기가 있었어. 고생만 하다가 근래에 좀 살만해진 동서가 덜컥 병에 걸린 거야. 그걸 보면서 다짐했지. 언제 죽을지도 모르는데 이제부터 나 자신이 진짜 원하는 것에 집중해야겠다고.

물론 아이들이 곁에서 많이 응원해 줬지. 내가 평생 글을 쓰면서 살고 싶어 한다는 걸 알고 있거든. 엄마가 진작부터 글을 썼으면 지금보다 훨씬 더 좋았을 텐데 자기네들 뒷바라지로 시간을 허비했다고 생각하는 거 같아. 하지만 난 그렇게 생각 안 해. 모든 일은 다 시작할 때가 따로 있는 거지.

요즘엔 온전히 글 쓰는 작업에만 몰입하고 있어. 당장 수입이 없어도 책을 읽으며 마음속에 일어나는 생각들을 글로 표현하고 있는 지금이 너무 좋아. 아마도 큰아이 일로 마음의 갈등을 많이 겪은 후에 나도 모르게 '누구나 자신이 원하는 삶을 살아가는 게 옳다'는 결론에 도달했나 봐.

그동안 주위에 꾸준히 함께 책을 읽으며 책문화운동을 해 오던 또래 친구들로부터 격려를 자주 받고 있어. 나 또한 나만의 경험 살려 책을 내려는 친구들을 도와주면서 함께 독서와 창작 활동을 병행하고 있고.

돌아보면 나는 성적을 더 높이려는 욕심 때문에 아이들의 편이 되어 줘야 하는 십 년을 그냥 말아먹었다는 기분이야. 나중에 보니까 그런 것들이 아이들에게 많이 상처가 되었더라고. 한번 난 상처는 회복하는데 그보다 훨씬 더 많은 시간과 노력이 들더라. 그러니 함께 있을 때, 해 줄 수 있을 때, 충분히 사랑을 표현해 주는 게 좋은 것 같아. 칭찬과 사랑의 언어로 말야.

누구나 정답을 모르고 겪으면서 세상을 살아가지. 그러면서 깨닫게 되는 일들을 서로 알려 주는 게 책이기도 해. 나는 앞으로 좀 더 중요한 것에 집중하기 위해 삶을 가지치기하는 방법들, 요샛말로 미니멀한 삶에 대한 요령을 글로 쓰고 싶어. 하지만 후배 엄마들에게 칭찬의 표현만큼은 가지치기하지 말라고 말해 줄 거야. 사랑만큼은 그런 식으로 미니멀해지면 안 되니까.

어떻게 사랑하는 게 옳은 방법인지도 모른 채 먼 길을 돌아왔어. 이젠 그렇게 긴 시간 동안 애쓰고 깨달았던 많은 일을 재료로 글을 쓰고 싶어. 이 얼마나 오래도록 동경해 왔던 삶인지. 나도 먼 길을 돌아 제자리로 온 거지. 평생 동경했으나 하지 못했던 걸 이제 막 시작했으니, 그것만으로도 큰 성공이야. 작은 생활비로 소박하게 살면서 하고 싶은 일을 하는 현재의 나에게 만족해. 얼마나 오래도록 그리워하던 삶이었는지.

옛 살림 솜씨의
매개자로

전업주부는 언제 은퇴해요?

나는 스물다섯에 결혼했어. 직업군인이었던 친정아버지의 품을 벗어나려고 결혼을 빨리했지. 좀 무서운 분이셨거든, 하하. 어릴 땐 아버지 근무지를 따라 전국을 수도 없이 이사 다녔어. 고등학생 때는 부모님과 떨어져 아예 이곳 광주에서 따로 살았지. 맏언니인 내가 동생들 돌보며 학교 다녔어.

그때부터 엄마처럼 산 거 같아. 함께 사는 동생들한테는 빨래 한 번을 안 시켰어. 집안일도 물론이고. 동생들은 모두 잘 자라 지금은 다들 전문직에 종사하고 있어. 걔들은 혼자 전업주부로 사는 내가 안타까웠나 봐. 만나기만 하면 좋은 거 사주고 좋은 데 데려가려고 하지. 그래도 난 동생들을 위해 희생했다고 생각해 본 적은 없어.

시집가던 날, 시아버님이 '앞으로 우리 집 손님이 늘어나고 줄어드는 건 모두 네 책임이다'라고 하시는 거야. 여섯 딸이 있는 집 외아들과 결혼했던 터라 그 말이 참 무겁더라. 시아버지 말씀을 듣자마자 정신 바짝 차렸지. 시어머니는 애초부터 소문나게 손님 대접에 후하신 분이었어. 새벽마다 댓돌에 놓인 신발 숫자를 세어보고 그에 맞춰 아침밥을 지으셨대.

어떻게 보면 난 엄마 역할보다 며느리 역할에 더 충실했던 거 같아. 시어머니는 음식 솜씨도 있지만, 사교성도 있고 노는 것도 좋아하는 분이셨는데 난 그렇질 못해. 꼼꼼하면서도 내성적이고 우직하지. 어머님에게 딱 맞는 며느리는 아니었을 거야. 그래도 부모님 돌아가실 때까지 한집에서 지냈어.

마지막에는 대소변도 못 가리고 치매가 생겨 막말도 하고 그러셨어. 애들은 그런 내 고생을 보며 마음 아파했지만, 정작 나는 그게 오래도록 섭섭하진 않더라고. 원래 하룻밤 울고 나면 속상한 일도 다 사라지는 평탄한 성격이야. 그러긴 해도 시부모님 노후를 지키며 인간의 마지막 장면을 너무 낱낱이 봐버렸나 봐. 속속들이 알고 나니 도무지 미래에 대한 환상이 안 생기더라.

시부모님 돌아가시고 한동안 서성거리다 어떤 귀인을 만났어. 다음 생에 다시 태어나면 그땐 창의적인 일을 하며 살고 싶다고 했더니 그분이 그러는 거야. 다음에 꼭 다시 태어난다는 보장이 없으니 지금부터 이승에서 조금씩 해 보고 싶은 걸 해 보면 어떠냐고. 그 말이 계기가 됐어. 마침 남편의 지인에게 보낼 명절 선물로 양갱을 만들어 카카오스토리에 사진을 올렸더니, 모르는 분에게 메시지가 왔어. 만드는 법 좀 가르쳐 달라고.

그게 시작이었지. 집으로 오라고 해서 부엌 한 귀퉁이에서 가르쳤어. 처음엔 누가 이런 걸 배우러 일부러 남의 집까지 오겠나 싶었는데 무려 오 년이나 수강생이 끊이지 않고 찾아왔어. 늘 손님으로 북적거리던 집이었기에 가족도 별다른 거부감 없이 받아들인 거 같아. 천만다행으로 남편 은퇴를 앞두고 바로

전업주부는 언제 은퇴해요?

옆집이 매물로 나오는 바람에 지금 공방으로 쓰는 나만의 공간이 생겼지. 아들이 여물게 모아 놓은 돈을 투자했고, 남편도 보탰어. 나도 인테리어 비용을 냈지. 내 사업이긴 하지만 가족 모두 도와주니 힘이 나더라.

한번 시작하면 대충 끝내질 못하는 성격이야. 끝까지 연습에 연습을 거듭하면서 완성도를 높이느라 애를 쓰지. 그런 나를 아는 사람들은 내가 무엇을 한다고 하면 무조건 믿고 찾아오는 것 같아.

나는 옛날 가정문화에서 산 사람이지만 요즘 사람에게 그런 걸 기대하진 않아. 그럴 수도 없고. 하지만 옛날과 현재 사이의 징검다리 역할 정도는 해 줄 수 있지. 옛날 살림 이야기도 들려주고 어른들께 배운 솜씨를 젊은 엄마에게 전수해 주고. 사범대를 나와서 그런가, 나는 물건 파는 것보다는 가르치는 게 더 좋더라고. 상품 판매는 안 하고 배우러 오는 사람에게 방법만 가르쳐주고 있어. 그래야 나에게 배워간 사람들이 다시 그 기술로 상품을 만들어 판매할 수 있을 거 아냐. 엄마들이 여기서 배운 뒤에 창업하는 경우가 종종 있거든.

나는 이 분야에 계보도 없는 사람이야. 순전히 내 방식으로 혼자 개척한 거지. 처음에는 전문성이 없다고 할까 봐 혼자 움츠러들기도 하고 남의 칭찬과 비판에 많이 흔들렸어. 하지만 이젠 내 스타일대로 밀고 나가는 담력이 생겼지. 수천수만 번의 경험을 통해 스스로 만들어 낸 방법이기에 어떤 질문이 와도 답변해 줄 수 있거든.

남편이 가끔 농담을 해. 우리 엄마한테 배운 노하우니까 자기에게 기술료를 조금 떼어달라고. 아닌 게 아니라 시어머니에게 살림을 정말 많이 배우긴 했어. 어머니는 단순한 재료로도 음식을 쉽게 잘 만드는 분이셨거든. 손님 많은 날은 밥을 열 번이나 차려낸 적도 있어. 그걸 다 따라 하면서도 힘들다는 생각을 안 했으니 돌아보면 그게 아마도 내 적성이었나 봐. 지금도 이렇게 공방에서 종일 일해도 별로 힘들지 않아. 의무로 하는 게 아니라 내가 좋아서 하는 거니까.

아 참, 경제력이 생겨서 더 좋아. 돈 때문에 특별히 못 한 일은 없지만, 동생들이 나에게 부담 안 지우려고 자기들이 앞다퉈 낼 때마다 사람 노릇도 못 하는 거 같아서 늘 민망했거든. 이젠 그런 것에서 자유로워졌어. 필요한 때 베풀 수 있으니 얼마나 좋은지. 사람들은 이 사업을 더 키워도 잘될 것 같다고 하지만, 그러면 지금처럼 즐기지 못할까 봐 겁이 나. 다행히 남편도 내가 재미있게 일할 수 있는 만큼만 하라고 지지해 주는 편이고.

돌아보면 모든 일이 다 미리 계획해서 시작한 건 없었어. 흘러가다 보니 자연스럽게 아귀가 맞춰진 거지. 대항하고 바꾸기

전업주부는 언제 은퇴해요?

보다는 순응하면서 살아가다가 저절로 기회가 오고 내 자리가 생긴 거라, 창업 노하우 같은 것도 없어. 그냥 운이 좋았던 거지. 용트림한다고 계획대로 되는 건 아니니까. 주어진 환경에서 최선을 다한 것이 지금의 복을 가져왔나 싶기도 해. 그저 감사할 따름이지.

두 줄로 남은
적정기술 생활가

엄마로 살면서 늘어난 능력이 뭐냐고? 그건 글쓰기와 삶에 필요한 적정기술을 익힌 거야.

글 쓰는 것은 뭐랄까, 나와의 대화가 필요해서였지. 엄마들은 대부분 집에서 누구와도 이야기를 제대로 주고받을 대상이 없잖아. 모든 걸 혼자 선택해야 할 때도 많고. 그런 상황에서 스스로 질문하고 대답하는 걸 반복하다 보니 어느새 그게 글쓰기 능력이 되더라고.

적정기술은 전문성이 범람하고 비용이 많이 드는 세상에서 최대한 알뜰하게 살림하느라 생긴 능력이지. 고비용 전문기술보다는 직접 내 손으로 최소한의 돈으로 삶의 만족도를 높이는 방법을 찾아야 하니까. 예를 들어 화장실 좌변기 뚜껑에 살짝 금이 갔을 때도 그래. 욕실 공사하는 곳에 물어보면 좌변기를 통째로 갈아야 한다고들 하거든. 요즘은 신경만 쓰이고 돈 안 되는 일은 아예 시작도 안 하니까. 하는 수 없이 그런 일을 혼자서 처리해야 해. 집안엔 사실 그런 일 천지잖아.

언젠가 수의(襚衣) 만드는 법을 배우러 갔더니 선생님이 재봉틀로 가르쳐주시더라고. 하지만 난 재봉틀이 없었어. 생각해 봤지. 옛날에는 누구나 손바느질로 했을 거 아냐. 돌아가신 분이 수의를 입고 돌아다니지도 않을 건데 굳이 재봉틀로 박음질까지 해야 하나? 그냥 돌아가신 분에게 새 옷을 잘 입혀 보내 드리는 정성으로 손바느질하자는 결론을 내게 돼. 형편에 맞는 대안을 찾는 거지. 필요한 만큼의 적정기술로 비용이나 노력을 줄여나갈 수 있으면 사는 데 자신감이 생겨. 재산이 많거나 명예가 높은 분 앞에서도 주눅 들거나 초라한 기분이 안 들지.

남편 병간호를 할 때도 그렇게 슬프지만은 않았어. 모든 사람의 삶 속에서 누구나 일어날 수 있는 일이라고 생각했지. 담담하게 받아들였던 거 같아. 외로울 땐 종종 SNS에 간병 기록을 남기곤 했는데 아무도 내 글에서 슬프고 힘든 감정을 읽을 수 없었대. 어떻게 그렇게 달관한 사람 같냐고. 모르겠어. 아마도 세월이 지나면서 서서히 삶을 객관적으로 받아들일 수 있는 내공이 생긴 거 아닐까.

처음부터 그러진 않았지. 스물여섯에 시집을 왔는데 그때는 내가 남편에게 얼마나 사랑을 받고 있는지, 어떤 것을 누릴 수 있는지에 관심이 무척 많았어. 나의 행복이 외부 조건이나 남의 시선에 좌우된다고 할까. 그게 꼭 잘못이라는 건 또 아냐. 사람은 누구나 그런 시기를 거치잖아.

첫애를 키울 때만 해도 그래. 많은 것들을 경험시켜 주고 싶어 나도 극성을 떨었어. 어쩌면 그 아이를 통해 대리 만족을 했던 거 같아. 요즘 젊은이들은 신혼 초부터 육아 분담을 위해 끊임없이 갈등을 겪는다고 하던데, 그것도 다 일종의 과정이 아닐까 싶어. 그런 시기도 없이 사람이 어떻게 나이를 그냥 먹겠어.

전업주부는 언제 은퇴해요?

다만 우리 시절에는 남편이 주로 나가서 돈을 버니까 그만큼은 집안에서라도 편히 쉴 수 있게 해 주려는 생각이 강했지. 남녀 차별이 아니라 일종의 영역 분담 같은 거였어. 남편이 살아 있을 때 우리는 서로 똘똘 뭉쳐서 상대가 원하는 걸 해 주려고 애쓰며 살았어. 남편은 육아와 살림에 필요한 돈을 버느라 많은 시간을 투자했고, 그러면서도 첫딸에게는 각별한 사랑을 쏟아부었지. 안 데리고 가는 데가 없을 정도로 늘 옆구리에 끼고 다녔다니까. 아이들에게는 정말 좋은 아빠였어.

남편에게 언제나 만족스러웠던 건 아니야. 남들은 남편이 나를 얼마나 사랑하고 좋아했는지 왜 몰랐느냐고 하지만, 정작 나는 사랑 받는다고 느끼지 못했거든. 언제나 애정 결핍 같은 게 있었어. 생각해 봐. 집에서 살림만 한다는 건 그 대상이 어쩔 수 없이 남편과 가족일 수밖에 없잖아. 뭘 원하는지 어떻게 해야 좋아할지 끊임없이 생각하며 맞춰가는 엄마 역할과 달리, 아빠 역할을 맡은 남자는 자기 할 일만 하면 된다는 식이었어. 감사와 사랑 표현이 모자랐지. 게다가 유교 문화의 영향도 있었으니까. 은근히 자기중심적 사고방식을 내비칠 때는 참 서운했었어. 언제나 뭔가에 좀 속은 기분이었달까?

그런 결핍감 때문에 좀 더 잘해 줄 수 있는 데도 인색하게 어깃장을 놨던 거 같아. 그 감정을 좀 더 빨리 떨어버렸으면 좋았을 텐데 하는 후회가 남아. 나중에 남편이 병을 얻어 나보다 훨씬 약한 사람이 되니까 사랑이 막힘없이 술술 넘치더라고. 사람 심리가 참 묘하지. 이제 나는 어쩔 수 없이 남편으로부터 강제적으로 독립한 셈이야. 하늘나라로 떠나보냈으니까.

아이들도 다 컸고. 각자 지낼 수 있도록 함께 살던 집도 팔았어. 정말 내 앞으로 가방 하나만 남겨두고 모든 것을 처분했지. 정리 컨설턴트로 나서도 될 정도야. 내 삶을 위해 꼭 필요한 것들이 무엇인지 트렁크 하나로 줄여본 경험의 소유자니까. 엄마 혼자 사는 고향 집으로 내려왔어. 엄마 역시 독립적인 분이라 여태 혼자 잘 지내셨는데 뒤늦게 침입해서 모든 걸 흩뜨리고 싶지는 않아. 지금은 각자의 영역을 침범하지 않으면서 공존하는 방법을 조심스럽게 연구하고 있어.

열아홉에 서울로 떠나온 다음에 한 번도 같이 살지 않았던 나의 엄마가 이젠 때로 낯설기도 해. 그녀를 관찰하면서 내 미래를 점치고 있어. 앞으로 어떤 것을 하며 살지 작은 나의 방에서 암중모색 중이야. 이것저것 해 보고 있어. 전업주부로 사는 동안, 정말 많은 것들을 생활 속에서 직접 해 보며 살았으니, 배운 걸 혼자 실험해 보는 건 누구보다 자신 있어.

예전에 『아티스트 웨이』라는 책을 함께 읽으며 공부하던 분의 소개로 구본형 변화경영연구소에서 운영하는 '살롱 9'에서 일을 한 적이 있어. 그때 정말 몸이 부서질 정도로 일만 했지. 한동안 팔을 쓰지 못했을 정도로. 주인처럼 드나들 수 있는 공간이 있다는 게 그만큼 좋더라고. 너무 신나서 다니니까 남편이 많이 응원해 줬어. 아이들이 고등학생 때라 굳이 엄마가 필요하지 않은 때였거든. 남편만 좀 참아 주면 되는 상황이었으니까.

거기 다니면서 해 봤던 고양이 소품 만들기, 아티스트 웨이 공부하기, 글쓰기 등의 경험을 토대로 앞으로 살아갈 길을 만들어 낼 수 있을 거 같아. 큰 밥벌이는 안 되겠지만 남편과 가족 없이도 스스로 시간을 채우고 생활을 이어 갈 수 있는 정신적 원동력이 되어 줄 거야.

걱정은 없어. 스스로 원하는 걸 찾는 능력이 있고, 필요한 적정기술을 터득하는 실천력이 있으니까. 가볍게 생활을 유지하는 방법을 알고 있으니 어찌어찌 적정기술 생활가로 살아갈 수 있지 않을까? 구본형 씨가 내게 '당신만의 찬란함을 찾으라'고 써 준 엽서를 아직도 서랍 속에 보관하고 있어. 그래, 나는 이제부터는 나만의 찬란함을 찾을 거야. 여태 살아온 깜냥이 있는데 어디 가면 못 살겠느냐고.

세상에서 가장
따뜻한 언어, 음식

전업주부는 언제 은퇴해요?

예순을 바라보는 나이에 나만의 공간을 갖게 되니 감개무량
하더라. 서울이었으면 아예 엄두도 못 냈겠지. '집밥에 프랑스
를 입히다'라는 광고 문구는 어릴 때부터 엄마 요리에 관심이
많았던 아들이 아이디어를 냈어. 엄마 음식을 그렇게 설명해 주
고 싶었나 봐.

더 거슬러 올라가면 그 발원지는 음식보다 언어에 대한 로망
에서 비롯됐어. 군인이셨던 아버지가 정말 영어를 잘하셨거든.

외국인 접대 행사에 나가면 양측 대화를 능숙하게 번역해 주
면서 늘 주인공처럼 가운데 서 계셨대. 그런 날의 사진이 아직
도 내게 남아 있어. 그게 그렇게 보기 좋더라고. 일찍 돌아가신
아버지에 대한 그리움이었는지 나도 모르게 외국어 공부에 정
성을 쏟아부었지. 친구들도 그러더라고, 내 손에서 영어책 떨어
지는 걸 본 적이 없다고. 실력이 뜻대로 늘지 않자 대학 가서는
다시 불어 공부를 시작했을 정도니.

결혼하고 남편 고향으로 따라왔는데, 다 처음 보는 사람이잖
아. 외로웠지. 낯선 환경 속에서 사람들과 자연스럽게 가까워질
수 있었던 매개는 역시 음식이더라. 입맛은 달라도 정성스러운
밥상 앞에선 누구라도 마음을 열잖아. 어렵기만 한 시댁 어른들
도 맛있는 음식을 해 드리면 그렇게 좋아하셨어. 칭찬을 들으면
더 잘하고 싶어지고, 그 정성이 또 관계를 이어 주는 웃음꽃으

로 피어나고. 이거다 싶어서 요리에 공을 들이기 시작했어. 음식이야말로 가장 따뜻한 공통 언어였지.

음식을 매개로 새로운 관계를 맺기 시작했어. 이곳 대전에는 연구단지가 있어서 외국에서 온 주재원 가족이 많거든. 그들에게 영어도 배울 겸 '인터내셔널 미팅'이라는 정기 모임에 나갔어. 거기에서는 각자 음식을 하나씩 가져와 함께 나눠 먹는 포틀럭 파티를 종종 했지. 그 자리에 온 분들이 내가 가져간 한국 요리를 배우고 싶다고 하길래, 자연스럽게 집으로 초대해 요리를 가르쳐줬어. 전문적으로 요리를 가르치기보다는 한국 음식을 대접하며 그걸 주제로 영어로 대화하는 모임에 가까웠어. 그렇게 영어 공부를 겸해 재료비만 받고 시작한 수업이 십 년 넘게 이어진 거야.

하다 보니 더 제대로 알려 주고 싶어서 숙명여대 음식문화원의 전통음식 전문가 과정을 등록했어. 서울까지 배우러 다녔지. 외국인을 대하면 나도 늘 작은 외교관이 된 것처럼 책임감이 생기더라고. 한국이라는 나라를 잘 소개하고 싶어서 요리 외에도 우리나라 역사와 문화 공부를 많이 했어.

그러다 '르 꼬르동 블루 Le Cordon Bleu'라는 프랑스 요리학교까지 간 거야. 처음엔 영어 회화하려고 만든 요리 수업이었지만, 회차를 거듭할수록 요리 완성도에 신경이 쓰였거든. 남을 가르치는 위치에 서게 되니 이왕이면 제대로 하자 싶어서 점점

전업주부는 언제 은퇴해요?

더 진심이 되었달까.

하지만 이 모임이 언어에 대한 갈증으로 시작되었다고 했잖아? 나에겐 요리만이 아니라 언어에 통달하고 싶은 마음이 간절했어. 프랑스 요리를 외국어로 배워 자격증을 따야겠다고 결심하게 된 이유지. 나에겐 어학 공부가 아버지에 대한 그리움이자, 시대에 뒤지지 않으려는 상징 같은 건가 봐.

서울에 있는 친구들이 좋은 직장에서 커리어를 쌓는 동안, 지방에 내려와 전업주부로 살아가며 혼자 뒤처질까 봐 필사적인 노력을 했던 거지. 배우고 또 배우면서. 배우는 건 그만하고 하루빨리 너만의 사업을 시작하라고 독촉도 많이 받았어. 물론 이제 와 보니 좀 더 일찍 용기를 냈으면 어땠을까 싶은 아쉬움도 있긴 해.

그게 마음대로 안 되더라. 저마다 자기만의 속도가 있는 거잖아. 사회로 진출하기에는 아직 모자란 게 많다면서 사양했어. 봉사도 해 주고, 배우는 과정이라 치부하면서 정면 승부를 걸지 않았지. 예순이 가까워져서야 '르 꼬르동 블루' 자격증을 따고 그걸 걸어둘 나만의 공간을 만든 거지.

늦긴 했어도, 너무 좋더라. 마치 긴 여행 끝에 이제 내 집에 들어선 느낌이랄까? 인생 주제가 생긴 거 같더라고. 한동안 이곳에서 원테이블 맞춤형 손님도 받고, 요리 수업도 다양하게 시도하고, 백화점 문화센터에 나가 선보일 요리를 준비하기도 했어. 손가락 마디에 병이 날 만큼 열심이었지. 아픈 고비를 넘고 나니 이젠 왕성한 사업가처럼 뭔가 크게 벌이는 일을 자제하게 돼. 외국어 요리 과정이나 특별 이벤트를 위해 사용할 때 외에는, 요리 콘텐츠를 만들어 내려는 사람에게 대관도 해 주고 있어.

그만큼 에너지가 줄어들기도 했지만, 결혼한 자식들에게 일손을 보태줄 일이 다시 생겼거든. 가끔 손주 돌봐주는 당번으로 나서야 하고, 본격 쉐프가 되어 자기 가게를 낸 아들 음식점에서 보조 노릇도 가끔 해 줘. 더 이상의 욕심은 없어. 하고 싶은 만큼만 하면서 나만의 주제와 색깔을 발전시키는 것에만 집중하려고 해. 친구들에게 조언도 구하지만, 무엇보다 나 자신과 자주 의논하지. 이젠 정말 평화로워졌어.

동화 읽는
어른에서 할머니로

솔직히 나는 모성 본능이 넘치거나 그런 스타일은 아니었던 거 같아. 원래부터 사회적 욕구가 무척이나 강했지. 그런 의미에서 첫 직장이던 잡지사는 내게 여러모로 꼭 맞는 자리였어. 남편이 대학 강사로 있을 때라 생활비가 모자라서 더 기를 쓰고 다녔지만, 사실은 일을 그만큼 사랑했기 때문이었어.

출근하기 전에 부지런히 아이를 맡기고 강북에서 강남으로 오갔는데 어느 날 성수대교가 무너진 거야. 초 단위로 움직여야 하는 일상에서 교통 상황까지 어려워지니 도저히 버틸 수가 없더라. 사표 내고 나오면서 얼마나 미련이 남던지.

아이 키우느라 사회에서 소외되어야 했던 시간을 나는 독서로 달랬어. 탈출구였지. 다들 책 속에 길이 있다고 하잖아. 근데 정작 책 속에 길이 있진 않더라고. 그래도 버팀목까지는 되어 준 거 같아. 때마다 아이들 키우는 집안 상황에 맞게 과외 선생으로, 프리랜서로 돈벌이를 지속해야 했지만, 번듯한 명함 하나 없다는 게 내내 속상했어. 그렇게 그만둔 첫 직장이 아쉬워서 그랬는지 이후부터 뭐든 한번 시작하면 중도에 포기하지 않게 되더라.

'동화 읽는 어른' 모임도 그래. 처음 시작한 게 이십 년 전이야. 이사를 하면서도 계속했지. 그렇게 동화부터 고전까지 매주 한 권씩 꾸준히 읽고 토론하며 생각을 키운 독서 내공이 지금의 나를 만들어 준 게 아닐까 싶어. 축적된 다독과 다상량으로 간 간이 이젠 도(道)에 이른 게 아닐까 하는 느낌마저 든다니까. 하 하하. 지구촌 빈곤 퇴치와 관련된 단체 활동도 마찬가지야. 지 인 소개로 한 번 인연을 맺은 후에 지금까지도 쭉 관계를 이어 오고 있지. 일하겠다는 마음보다는 거기서 일하는 분들의 전문 적인 식견과 자세를 배우려는 마음이 더 컸어. 그렇게 하나하나 빈자리를 메우며 지냈지.

  엄마로서 내가 했던 역할이 뭐냐고? 너무 다양해서 한 가지 로 모을 수 없을 것 같아. 총체적으로 말하자면 그냥 생명을 살 피고, 그에 필요한 걸 적절히 공급해 주는 역할을 맡아왔다고 생각해. 우연히 내 인생에 피어난 생명 셋을 만나, 자식이라는 인연을 맺고, 거미줄 치듯이 아이들을 그렇게 키워 냈더라고.
  모성 본능이 없다고 엄살을 떨면서도 생각보다 내가 뭘 잘 키 우나 봐. 오죽하면 집에 우연히 들인 토끼를 8년이나 키웠다니 까 글쎄. 생명을 돌보는 일에는 늘 그렇게 진심이었던 거 같아. 수시로 사회적 욕망을 숨기지 못해 붉으락푸르락하긴 했지. 그 런 엄마 밑에서도 어엿하게 어른으로 자라준 아이들이 고맙기 도 하고 미안하기도 해.
  엄마 역할의 마지막 목표는 아무래도 자식 독립이 아닐까 싶 어. 그런 시간도 이제 시나브로 끝나는 중이라 예전에 느꼈던 자격지심이나 미련 같은 것에서 많이 놓여난 거 같아. 생업으로서의 직업은 고귀하고 의미도 있는 거겠지만, 자아실현으로서의 직업에 대한 미련은 덜해졌달까. 나이가 들어가니 그냥 내 나이에 맞는 존재로 머무는 것도 괜찮지 않을까 싶어. 이제 굳이 뭘 또 따로 시작해야 하나 싶기도 하고.

병마를 겪으면서 더욱 그런 생각이 굳어졌어. 암 수술 이후로는 '어떻게 잘 살까'보다는 '어떻게 잘 죽을까'를 좀 더 자주 생각하게 되거든. 확산보단 오히려 수렴의 개념으로 말이야. 이제부터는 조금씩 덜어내는 삶을 살고 싶어. 아이들에게도 이야기해. 사회적 인정을 위해 너무 큰 목표를 세우고 불안에 휘둘리며 살지 말라고. 작고 평범하게 오늘을 성실히 사는 것만으로도 충분히 의미 있고 단단한 삶이 될 수 있다고 말이야.

요즘은 나의 일주일 스케줄도 어느 정도 고정되어 있어. 일요일엔 가족, 월·화는 등산, 수요일엔 지구촌 활동, 목요일엔 독서, 금·토는 개인 작업에 집중하는 식으로. 스스로 리듬을 만들어 내지 않으면 이리저리 휩쓸리게 되거든. 아이들에게는 매번 행복하게 살라고 하면서 정작 나는 평생 그러지 못했던 거 같아. 엄마가 먼저 행복한 모습을 보여 줘야 보고 배울 텐데, 늘 무대 뒤에서 아픈 허리만 두드리고 있었지. 이제부터라도 아이들에게 반짝이는 별이 되는 과정을 몸소 보여 주고 싶어. 약간의 영감이라도 받을 수 있게.

　아직은 가끔 내 인생이 덜 타버린 장작개비처럼 무지근하게 느껴질 때가 있어. 우울하기도 하고. 어쩌면 애초에 타고난 성정이 사회로 나가 열정적으로 일하며 훨훨 타올라야 하는 재질이었을지도 모르지. 요즘 와서 그 생각을 곰곰이 하고 있어. 아직도 그렇게 남아 있는 열정이 있다면 그걸 즐겁고도 기쁜 방법으로 소진하면서 반짝여 보는 것도 좋은 일이겠다고. 그게 뭘까 궁리 중이야.

틈새토크

* 엄마학교협동조합의 실제 단톡방 내용을 재구성하였습니다.

제가 엄마 경력에 대해 글을 쓰는 중인데 여러분들의 생각도 궁금해요. **엄마로 살면서 얻게 된, 혹은 향상된 능력을 하나만 꼽자면 무엇이 있나요?**

멀티 수행 능력이요. 육아 전에는 멀티가 안 돼서 뭐든지 굼뜨던 제가 엄마가 되고 나서는 발로 아기 바운서를 흔들면서, 설거지를 하면서, 눈으로는 밥물이 넘치는지 주시하는 제 자신이 낯설었답니다.

ㄴ 맞습니다. 엄마라면 누구나 공감할 듯^^

저는 오늘 **축지법**을 완성했습니다! 진짜 진짜 빠르게 집에서 학교까지 순간이동! ^_^ 생각해 보면 이게 다~ 육아를 하며 생긴 순간 판단력이 만들어 낸 결과인 듯합니다.

전업주부는 언제 은퇴해요?

저는 **요리**요!

그전에는 필요로 하지 않았는데…. 엄마가 되고 나서는 레시피만 가지고도 잔칫상을 차리게 되었어요. 백일상, 돌상, 생일상 같은 거 말이에요. 아이에게 소꿉장난처럼 예쁘고 멋있는 요리를 보여 주려고 연습하다 보니 어느새 이렇게 하하하.

저는 **새벽형 인간**이 되었지요. 출근 전, 아기들 깨기 전에 모든 집안일을 마무리해야 하는 상황들이 반복되다 보니 이제는 습관으로 굳어졌답니다.

저는 더 큰 능력이 생겼어요. 바로 **경제력**!!!! 자식을 책임지려다 보니 어쩔 수 없이 뛰어들어야 했죠.

저는 애매하긴 하지만 **책임감과 자신감**이 생겨난 거 같아요. 내 아이를 책임지기 위해선 뭐든 해야겠다, 그리고 뭐라도 할 수 있겠다는 자신감이라고 할까요?! 그러다 보니 부끄러움도 좀 사라지고, 요구할 건 당당하게 요구할 수 있게 된 거 같아요.

계획을 세우고 꾸준히 하는 습관이 생겼어요. 아이들에게 부끄럽지 않으려고 더 지키려고 노력하거든요.

시간 관리 및 활용 능력이 생겼어요. 요즘 들어 더욱 내 시간과 남편 시간의 적절한 활용에 대해 생각하고 있어요.

저는 두려움을 극복하고 앞으로 나갈 수 있는 **도전정신**이 길러졌어요. 아이들 아니었으면 남편도 없이 혼자 해외에 나가서 그 고생을 할 수 없었을 거라고 생각됩니다.

나부터 실천하는 **진정성**을 배우게 되었어요. 아이들 어릴 때는 이래라저래라 훈계를 많이 했는데 커서 중학생이 되니 저항이 심하더라고요. 엄마는 안 지키면서 자기들한테만 시킨다고. 아이고, 부끄러워라. 이제는 자연스럽게 말이 앞서려고 할 때, "너는 스스로 그렇게 하고 있니?" 하고 묻게 되지요. 아이들의 힘입니다.

저도 그랬어요. 사춘기 아이와 갈등하며 뭔가 먼저 보여 주려다가 3년 내내 중학교 국·영·수 문제집을 퇴근하고 나서 밤에 세 시간씩 풀어놓고 잤다니까요. 내가 미쳤지, 참나! 그런 **열정**을 가진 나를 칭찬해요.

들어보니 위에 써주신 능력들이 저에게도 조금씩 생긴 거 같아요. 엄마 경력 맞네요. 하하하.

전업주부는 언제 은퇴해요?

4장 | 엄마 은퇴 일기

일과 삶이 하나로
화해되는 시간 속에서
벌어지는 일상 에피소드와
나를 돌아보며 쓰는 생각 산책

퍼플싹스

아이들 학교 보내고 남는 시간 동네 문화원에 영어 회화를 배우러 다닌 적이 있다. 삼십 년간 미국에서 살다 온 경험으로 영어를 가르쳐주던 분이었는데, 수업 중 틈틈이 인생 선배로서 새겨들을 말을 재밌게 해 줘서 유독 인기가 높았다. 그때 들은 이야기 하나가 아직도 생각난다.

이웃 아주머니가 대대적인 집안 단장을 마치고 집들이 초대를 하길래 거기 다녀왔다고 하셨다. 살림하는 이들에게 집 구경이란 언제나 솔깃한 관심사라 모두 몰려갔다며. 새 유행에 걸맞게 좌르르 꾸민 집 안 구석구석을 구경하다가 복도 끝 방의 문이 빼꼼 열려있어 슬쩍 들여다보았단다. "여긴 누구 방이에요?" 하며 기웃거리는 순간, 주인아주머니가 화들짝 놀라며 "아, 여긴 아무 데도 아니에요." 하면서 황급히 문을 닫더라고.

그 잠깐 사이에 우연히 들여다보게 된 방안 풍경이 무성 영화의 한 장면처럼 머릿속에 오래 남더라고 했다. 열린 문틈으로 오래된 자개장과 문갑. 그 위에 낡은 TV가 소리도 없이 틀어져 있고, 거실의 화려한 인테리어와 어울리지 않는 가재도구가 낡은 장판과 벽지 안에서 옛날 사진처럼 박제되어 있었다고. 가운데 펴놓은 꽃무늬 담요 위에 힘없이 내뻗은 누군가의 다리, 그 다리 끝에 신겨 있던 퍼플싹스까지. 그 퍼플싹스가 내내 뇌리에 남았다고 했다.

시어머니를 홀대하는 며느리 흉을 보려나 했더니 갑자기 뜻밖의 이야기를 꺼냈다. "여러분, 앞으로 우리는 늙어서 그런 퍼플싹스를 신고 방안에만 우두커니 앉아 있지 맙시다."

어떤 인생을 살아왔든, 나이 들었다고 고무줄 끊긴 팬츠처럼 무기력하게 자신을 놓아버리지 말자는 이야기다. 끝까지 자신을 가꾸고 연마하며 아름다운 노년 생활을 만들어 가라는 응원이었다. 요즘은 수명이 점점 늘어 노년으로 살아야 할 날도 창창하게 남아 있으니 그분 말씀이 참말 선견지명이었다.

오늘 대전에 있는 아줌마학교라는 곳에 초청 받아 작가 특강을 다녀오는 길에 문득 그 이야기를 들었던 마흔 즈음의 내가 떠올랐다. 이제는 내가 그분 입장이 되어 젊은 엄마들에게 비슷한 이야기를 하고 있으니, 세월이 참 많이도 흘렀구나 싶다.

그 선생님은 지금 어떻게 지내고 계실까. 예순을 넘긴 나이에 오랜 해외 생활을 마치고 돌아와 전국으로 강의를 다니던 분이

전업주부는 언제 은퇴해요?

었다. 앞으로 더 나이 들면 혼자 사는 집을 공개해 젊은이들과 함께 어울려 지내는 게스트하우스처럼 꾸며, 서로 의지하며 지낼 거라 했는데….

언제나 이렇게 먼저 깨우치고 몸소 실행하는 사람들이 곳곳에 길을 닦아놓는 바람에 우리들의 고정관념도 조금씩 변화한다. 그 덕분에 나도 퍼플싹스 신고 빈집에 우두커니 앉아 있는 할머니는 면하게 생겼다.

거절하는
용기

요즘 뜻하지 않게 일 더미에 파묻혀 있다. 하고 싶은 일이 눈앞에 보이면 일단 저지르는 편인데, 하던 일은 중간에 좀처럼 놓지를 못한다. 나 아니면 안 될 것 같아서, 누군가는 꼭 해야 하는 거니까 붙들고 있게 된다. 집안일도 그중 하나. 숙련된 사람이 하는 게 제일 효율적이라는 생각인지, 가족들 역시 대신하겠다고 적극적으로 나서지 않는다.

말로는 '차근차근 알려 달라'고 하지만, 애초 집안일이란 복잡한 기술이 문제가 아니라 수많은 가짓수가 문제다. 하나를 가르치려면 그에 연결된 두세 가지가 또 따라온다. 그러느니 본 김에 그냥 해버리는 게 빠르다. 일일이 설명하고 가르쳐서 또 어느 세월에 숙달이 될까. '앓느니 죽지'라는 말은 이럴 때 매우 적합한 소리다. 가족들은 아예 '데이터베이스' 자체가 없으니까 일거리라고 눈치채지도 못한다. 그러니 어느 순간 나는 또 혼자서 부엌일을 하고, 세탁기를 돌리고, 쓰레기를 내놓고, 물건을 정

전업주부는 언제 은퇴해요?

리하게 되는 거다.

남는 시간에 겨우 일하려고 컴퓨터를 붙잡고 앉으면, 가족들이 한마디씩 한다. "세상일 혼자 다 하냐"며, "사람이 오가는데 아는 척도 안 하고, 눈도 안 맞춘다"고. 순간 억울해진다. 내가 바쁜 이유는 그들이 떠넘긴 생활 노동을 '기어이 다' 해내고 있기 때문인데.

분명 좋아서 시작한 일인데 어쩌다 벌써 과부하 걱정을 하게 되었을까. 딸애가 슬며시 와서 심란해진 엄마에게 사춘기 아이 달래듯 말을 한다. "엄마, 힘들어서 정 안 되겠으면 집안일은 그냥 내려놔. 굳이 다 하지 않아도 돼. 이제 그런 걸 엄마가 끝까지 책임질 필요가 없댔잖아."라고. 집안일을 남이 가져갈 때까지 기다리지 말고, 먼저 내려놓으라는 조언이다. 맞는 말이다. 나머지는, 때가 되면 알아서 채워지고 돌아갈 테니까.

사실 근래 엄마학교협동조합에서도 비슷한 경험을 종종 한다. 다 같이 시작한 일이었지만, 늘 '혹시라도 어딘가에서 구멍이 나진 않을까' 전전긍긍하며 혼자 긴장을 늦추지 못했다. 모든 사람의 몫을 두루 다 챙기려는 습관. 그런 성향이 신경을 곤두서게 하고, 마음의 여유를 앗아간다. 내가 무슨 전지전능한 신이라고 모든 책임을 지려 할까. 감당할 만큼만 일을 맡고 나머지는 거절해야 하는데 그런 용기를 내지 못한다.

이제부터라도 조금씩 연습해야 할까 보다. 할 만큼만 하고 나머진 뒤돌아보지 않기. 그래야 덜 지치고 오래 간다. 아자아자.

이야기 인연을
따라

언젠가 한 번쯤 공항으로 무작정 달려가 '제일 빨리 떠나는 비행기표 주세요. 도착지는 아무래도 상관없어요.'라고 말해 보고 싶은 로망이 있다. 마치 영화 속 한 장면처럼. 말도 안 되는 상상인 줄 알면서도, 마음 한구석에서 오래도록 그런 충동이 자라고 있었다. 독박육아, 독박효도, 독박살림. '집사람'으로 사는 세월이 길어질수록 어딘가로 훌쩍 떠나고 싶은 욕망은 점점 더 선명해졌다.

오십을 넘기고도 여전히 별 이유 없이 불쑥 떠나는 여행을 꿈꾼다. 무모한 도피라기보다는, 여행이라는 게 그렇게 삶 가까이에 들어와 주길 바라는 마음에서다. 그래서 기회만 되면, 구석구석 내 안에 숨어 있는 용기를 끌어모아 나에게 맞는 여행 방식을 찾으려고 실험을 거듭하고 있다. 가능한 현실 안에서 최대한 멀리, 오래, 혼자, 지내는 방법을 찾으려고 '일 년에 한 달 해외 살기 프로젝트'를 시작했다.

이번 여행지는 비엔나. 빈 국립음악학교에 들어간 아들과 함께 오스트리아에서 지내는 엄마의 사연을 글로 만져 준 것이 계기가 됐다. 거기에서 자신도 아들과 함께 음악 공부를 하며 뒤늦게 새로운 세상을 배우고 있다는 그녀의 비엔나 사랑은 들을수록 각별했다. 궁금했다. 세계에서 제일 살기 좋은 도시로 뽑혔다니 더더욱.

이렇게 미리 정해놓지 않아도 가고 싶은 여행지가 보물찾기할 때처럼 먼저 불쑥 나타나기도 한다. 마치 누군가 예비해 놓은 절묘한 선물처럼. 글로 맺어진 인연을 따라 이야기 무대로 직접 가보는 것도 꽤나 작가적인 여행이지 싶어서 그녀의 초대에 기꺼이 응하기로 마음먹었다.

여행이 임박해지자 조금씩 기분이 들떴다. 콧노래도 절로 났다. 세상에서 제일 행복한 여자가 되어 가는 기분. 자기 좋은 걸하다 보면 이렇게도 사람 마음이 너그러워진다. 아침 일찍 일어나 서성거리는 남편에게 모닝커피를 건네며 위로까지 건넸다.

"여보, 똥구멍에 바람난 마누라랑 사느라 당신도 고생이 좀 많네. 히히."

난 점잖지 못하게도 똥 이야기를 참 좋아한다. 남편이 대꾸한다.

"에휴~ 똥 밟았지, 뭐!"

아니 이런! 내가 그 정도 양보했으면 뭐 좀 더 듣기 좋은 다른

전업주부는 언제 은퇴해요?

반응이 없을까? 재치 있는 입담에 깔깔거리던 젊은 시절은 한참이나 지났건만 아직도 이 사람은 왜 이리 사태 파악이 느린 건지.

보통 때 같으면 샐쭉해져 '당신보다야 훨씬 나은 똥이지!'라고 쏘아붙였을 텐데, 아무렇지도 않게 헤헤 웃음이 났다. 그래, 그래. 나는 떠나고 자기는 남는데 심통도 나겠지. 참자, 참아. 그러면서도 마냥 순하게 져주는 게 아쉬워 한마디만 보탰다.

"여보. 당신이 이 똥 저 똥 다 밟아 보지 못해서 잘 모르나 본데, 나 정도면 그래도 꽤 준수한 똥이야!"

아이고 시원해라, 음하하. 고비마다 오가는 말이 마냥 곱지는 않았지만 그래도 삼십 년을 함께 싸워 온 그 내공이 어디인가. 속마음은 아니겠지, 말만 그러는 거겠지, 좋게 좋게 해석하며 우리는 이 세월의 강을 건너야 한다. 일일이 옥신각신 해 봐야 오해만 남고, 상처만 남을 뿐. 하긴 외국 나간 자식 뒷바라지나 회사 출장도 아니면서 그냥 저 좋아 놀러 가겠다는 아내의 장기 여행을 선선히 보내 주고 싶은 남편이 세상에 어디 그리 흔하랴. 이쯤 되면 그저 더 이상 욕심부리지 말고 무조건 '우리 남편 최고!'를 외치며 전광석화처럼 떠나는 게 상책이다.

공항 가는 길에 친정어머니께 전화를 넣었다. 삼시 세끼 매일같이 외로움과 싸우는 구십 노인에게 여행 자랑하는 것 같아 민망하지만, 인사라도 드리지 않으면 섭섭할까 봐 보고를 한다. 예상 밖으로 엄마의 전화 목소리가 맑다. 여행 가서 처리하고 와야 할 글 뭉치가 한 짐이라며 엄살떠는 이 막내딸에게 상쾌한 조언을 덧붙인다.

"애야, 꼭 무슨 숙제를 하고 오려고 생각하지 말고 그냥 즐겨라. 네 마음 가는 대로 편안하게 시간을 보내다 와. 엄마도 이제야 그동안 너무 스스로 옥죄고 살았다는 생각이 들더라. 그럴 것 없어. 인생에 다시 없는 좋은 시간인데 미리부터 해야 할 일 정하지 말고 그냥 되는 대로 즐기다 오렴."

일일이 말하지 않았는데도 한발 먼저 살아 본 엄마는 이렇게 내 심중을 꿰뚫는다. 아, 맞다 맞아. 왜 나는 이렇게 귀하게 얻은 기회를 빡빡한 출장 가는 것처럼 잔뜩 일감을 지고 떠나면서 안도하는 걸까. 꼭 그렇게 열심히 사는 걸 남에게 증명하지 않아도 되는데. 이것도 강박이지, 강박! 다시 돌아보며 끄덕인다. 아흔을 바라보는 엄마의 충고가 내 마음에 포근한 이불을 덮어 준다. 이런 게 먼저 살아 본 사람의 지혜겠지.

"엄마, 아프지 않아 줘서 고마워요. 병환 중이었다면 내 어찌 이렇게 마음 편히 여행을 떠나겠어. 다녀오는 동안 계속 건강하게 지내야 해요. 저도 자알 즐겨볼게요!"

어느덧 차창 밖으로 공항 사인이 보이기 시작한다. 일 년에 한 달씩 해외에서 살아 보기. 앞으로 얼마나 더 가능할까.

살아 있어요,
오바

무심코 항공편 검색을 하다가 이만 원짜리 제주행 비행기 표를 보자마자 구매 버튼을 눌렀다. 서둘러 가방을 쌌다. 올해 초만 해도 이 날씨 좋은 5월에 국내에서 '한 달 살이'를 하게 될 줄은 전혀 몰랐다. 봄 · 가을 학기 중에는 강의 일정이 잡히기 때문에 마음 놓고 오래 집을 비우긴 어려우니까. 하지만 코로나가 온 세상으로 퍼지는 바람에 이미 잡혀있던 스케줄까지 모두 취소되었다. 돌아가는 상황이 실시간으로 어두워지고 있다.

이런 시절이 닥치면 자동으로 전투력이 상승하고 두뇌 회전이 빨라진다. 외부 조건에 맞서 자신을 적극적으로 구해야 할 때라는 걸 본능적으로 감지하나 보다. 상황에 휘둘리지 않으려면 살아온 내공을 발휘해야 한다. 어떻게든 미리 꼽아둔 버킷리스트 중에 할 수 있는 일이 없는지 뒤져보았다. 엎어진 김에 쉬어가라는 말도 있으니까. 이것저것 따지다 '아들 집에서 함께 지내기'를 골랐다. 제주에서 공부하고 있는 아들도 볼 겸, 핑곗

전업주부는 언제 은퇴해요?

김에 우렁각시로 살아 봐도 좋을 거 같아서.

　마음을 정해놓고도 혼자 사는 아들에게 한 달 동안 같이 지내
자는 말을 꺼내지 못했다. 방 두 개짜리 월셋집을 구해 줄 때부
터 가끔 엄마가 여기를 제주도 사무실로 이용할지 모른다며 밑
밥은 깔아두었으나, 막상 그러자고 하면 달가워하지 않을 거 같
아서. 그런 심리적 문턱을 코로나 덕분에 은근슬쩍 넘었다. 안
부 전화 끝에 그런다. 사람이 픽픽 죽어 나가는 걸 보니, 하고
싶은 것을 다음으로 미루는 건 아닌 거 같다고. 오고 싶으면 자
기 눈치 보지 말고 언제든 오시란다. 이 기회에 자기도 엄마 밥
마음껏 얻어먹을 수 있으니 불편한 만큼 편리함도 생긴다고.
　흠, 이 녀석은 끝까지 '엄마가 오면 난 더 좋지'라는 달콤한 소
릴 안 해 준다. 까짓 그런들 어떠랴. '자식에게 백 프로 환영받
기만 원하면 앞으로도 그런 효도는 받긴 어려우실 듯?' 하는 그
놈의 까칠한 경고를 받아들이기로 했다. 그런 끝에 당도한 제
주. 아이가 나가면 잠시 집안 살림을 해놓고는, 여행 온 기분으
로 날마다 바닷가를 산책하고 골목골목 구경하며 지내고 있다.
잠자코 서울에 엎드려 뉴스만 보고 있었다면 얼마나 더 우울했
을까?

　가족과는 실시간 카톡으로 수다를 떨고, 일하는 사람과는 영

상으로 회의하고, 자료는 메일로 공유하며 일도 병행하고 있다. 넷플릭스, 유튜브, 구글 등으로 각종 정보와 문화 콘텐츠를 누리는 한편, 장소에 구애받지 않고 노트북 들고 다니며 전망 좋은 카페에서 글을 쓰기도 한다.

이런 대처는 꾸준한 자기 주도 훈련과 인터넷 활용 능력 덕분이다. 해서 코로나 시대가 요구하는 사회적 거리를 유지하는 데도 큰 어려움이 없다. 나를 구속하는 것에서 조금씩 벗어나 독립하려다 보니 어느덧 이렇게 공간 이동에서도 자유를 얻게 되었다고나 할까. 그런 덕분에 이 와중에도 어려움 없이 견딜만하다.

저 아직 살아 있어요. 오바!

오리무중

엄마는 너희들의 시녀가 아니다. 부모의 본분은 자식이 독립할 수 있도록 키워 내는 게 목표 아니냐. 이제 마지막 단계니 엄마 없이 서로 협조해 집안을 운영해 봐라. 잘될 때까지 앞으로 계속 집을 비울 거다. 엉망진창 단계를 참아낼 자신이 없으니, 이참에 나도 글 쓰는 일에 몰입하는 집필 여행이나 떠나보련다.

머리는 참 잘도 돌아간다. 이렇게 명분도 살리고 실리도 얻을 수가! 몇 년은 혼자 휘파람을 불며 여행 다닐 핑계를 만들었다고 좋아했는데, 돌아와 보니 우리 딸의 가정 관리 능력이 나보다 낫다. 내가 있을 때보다 집안이 더 단정하다. 서로 치댈 일이 없어서 그랬는지 갈등도 별로 없었단다. 이럴 수가. 그럼 내가 여태껏 우리 집안 문제의 원흉이었던가? 후덜덜.

퇴출 위기를 느끼며 급히 몸을 사리는데, 마침 친정엄마에게서 전화가 왔다. 오가며 문안 전화만 하는 딸을 너그럽게 이해

해 주다 못해, 돌아오면 주려고 물김치까지 만들어 놓으셨단다. 네가 올래? 내가 갈까? 하는 엄마의 목소리가 사뭇 생기발랄하다. 하지만 정초부터 보름이나 비운 집안에 처리할 일이 태산인데 오자마자 친정엄마와 쎄쎄쎄 할 여유가 어디 있으랴.

아무래도 엄마는 요즘 들어 이 딸의 심정 변화나 갈등에 촉을 무척 세우고 계신 모양이다. 김치를 핑계로 요즘 한참 뜸했던 '교장 선생님 훈화'를 장착하고 계실지도 모른다. 그것도 아니라면 외로워서 말동무가 필요한 걸 수도 있고.

아무리 그래도 전환기 인생 재설계를 위해 칼을 빼든 이 시국에 친정엄마까지 나서서 구십 평생 살아온 깨달음을 설파하시겠다면 한참이나 번지수를 잘못 짚으신 거다. 머리가 딱 아팠다. 평소에는 추임새도 알콩달콩 넣어 주는 사이좋은 모녀지간이지만, 지금 같이 예민한 시기에 사는 방법에 관한 지적과 조언만은 받고 싶지 않았다. 나도 내 딴엔 최선의 방책을 찾으려고 젖 먹던 힘까지 다해 노력하는 중이니까.

이렇게 머리가 복잡할 때는 감정 노동이 벅찰 것 같은 대화는 애초부터 피하는 게 나을 성싶었다. 물김치 미끼까지 사양하면서 만남을 다음으로 미루자고 하니 전화 속에서도 엄마의 서운한 기색이 역력하다. 자기와 의논도 안 하고 홀로 서려는 이 딸이 무척이나 야속한 모양이다.

전업주부는 언제 은퇴해요?

왜 이리 살면 살수록 정답이라는 게 모호해질까. 독립적인 자식에겐 그만큼 부모 존재감도 미미해지기 마련인데, 나중에 나에게도 자식들이 너무 독립적이어서 서운해지는 날이 오면 어쩌지? 우리 아이들, 이렇게 억지로 독립을 가르쳐야 해, 말아야 해? 갑자기 고민이 된다.

인생 참, 앞으로 가자니 물이요 뒤로 가자니 불이로구나!

한 부모
열 자식

부자들은 늙고 병든 부모 돌보지 않고 재산 싸움에만 바쁘단 소리에 그나마 위안을 받기도 했다. 최소한 그 지경까지 갈 일은 없으니까. 체면과 양심을 버릴 만큼 막대한 재산이 없어서 불행 중 다행이었다. 확고부동한 숫자의 위력 앞에서 인간성을 실험당할 일 없이 그저 사랑, 은혜, 추억과 같은 아름다운 단어로 부모님을 보내 드릴 수 있으니 말이다.

행운이라면 행운이다. 빵빵한 유산 대신 형제자매 우애와 가정의 화목을 얻는다면, 그 또한 적당한 부와 가난이 가져다주는 행복이니까. 하지만 막상 부모가 아프기 시작하니 딱히 유산 문제가 아니어도 의견 충돌할 일이 너무 많았다. 세상 모든 일은 당해 보지 않고는 모르는 것이다.

긴 휴가를 다녀오는 동안 아흔의 엄마가 동네에 일 보러 나가다가 넘어져 입원하는 사고가 생겼다. 대퇴 골절이란다. 언제나 독립적인 엄마는 자식들에게 의지하지 않고 아버지와 두 분

전업주부는 언제 은퇴해요?

이 씩씩하게 잘 사셨지만, 이번 사건으로 엄청난 돌봄 에너지가 필요해졌다. 수술과 입원, 재활을 위한 요양병원, 가정간호, 요양서비스, 응급실과 퇴원이 반복되는 친정 일로, 꾸려갈 가정이 있는 다섯 자식이 모두 몇 달 동안 비상이었다.

'한 부모가 열 자식을 돌볼 수 있어도 열 자식이 한 부모를 돌보지 못 한다'는 말도 새롭게 해석되었다. 그게 꼭 자녀들의 사랑이 부모 사랑에 못 미친다는 의미만은 아니다. 한 부모가 열 자식을 돌볼 때는 사령탑이 하나지만, 열 자식은 한 부모를 돌보기 위해 열 개의 사령탑을 가동해야 한다.

장자 중심의 위계질서가 해체되어 오는 혼선일 수도 있겠다. 요즘은 각자 제 마음대로 효도를 하니까. 자연히 돌봄에서도 자식 간의 온도 차가 생길 수밖에. 민주 가정을 표방한 친정은 갑자기 당한 큰일 앞에서 해결책과 목표치마저 제각각이었다. 거기 이 모든 것을 건너뛰고 배우자 우선권을 주장하는 아버지 입김도 합세하니, 그야말로 난리 법석이 따로 없었다.

이 과정에서 나는 요즘 몸담고 있던 협동조합의 원형을 보는 듯했다. 자식도 조합원 기본 숫자처럼 마침 다섯. 누구나 발언하며 의견을 모으되 그 과정에서 일을 더 하는 사람과 덜 하는 사람이 서로 부대낌 없이 진행할 수 있도록 조율해야 하는 모습이 협동조합 관계성과 어찌 그리 흡사하던지.

인생에서 이런 일을 마주쳤을 때 제대로 대응하려고 협동조합을 시작한 게 아닐까 싶을 정도였다. 가족, 가족이라는 것은 대체 무엇이며 어떤 조직일까. 비영리단체처럼 보이다가도 혈연으로 얽힌 사업체 같기도 하고, 들여다볼수록 그 운영 방식은 협동조합과 닮아 있다. 사람은 결국 이렇게 끝까지 서로의 관계 안에서 부대끼며 살아야 하는 존재인가.

휘파람 불며 꿈결 같은 집필 여행을 마치고 돌아오자마자, 내 앞에 펼쳐지는 이 거대한 인생 파노라마 앞에서 몸 둘 바를 모르고 있다. 막상 맡아서 하는 일도 없는데 그 때문에 속 끓이고 애태우느라 몇 년 동안 뜸했던 감기몸살을 심하게 앓고 있다. 자식마다 다른 사랑 표현에도 부디 서로 마음 상하지 않고 이 난관을 현명하게 헤쳐 나갈 수 있기를.

엄마
성토대회

성인이 된 아이들이 저희끼리 만나 제일 신나게 떠드는 주제는 결국 엄마 흉보기다. 어릴 때 엄마가 돌보는 자로서 얼마나 저희들에게 행패를 부렸는지 속속들이 까발리며 맞장구를 쳐댄다. 기억력이 얼마나 좋은지 모른다.

밥 먹이면서 입가에 흘린 국물을 휴지로 닦아 주지 않고 숟가락으로 긁어 올리던 감촉까지 생각이 난다면서. 정말 싫은데 아기라 말도 못 하고 당했다니. 참나. 티끌만 한 기억의 조각을 떠올릴 때마다 맞아 맞아 연발하며 이 나이 든 엄마를 골려 먹는 재미에 시시덕거리느라 여념이 없다.

옆에서 따라 웃는 내 속이 마냥 좋을 리 없다. 어머 그랬어? 진작 말하지, 몰랐네. 클클. 이 정도의 쿨한 반응을 보이는 것도 큰 양보건만, 적당히 그만둘 줄 모르고 눈치 없이 엄마 성토대회를 거침없이 이어 간다.

대충 말하고 잘못 알아듣는다고 화내던 엄마, 거짓말 아닌데 남의 말만 믿고 거짓말한다며 혼내던 엄마, 피아노 선생님 오기 전에 연거푸 세 번은 안 틀리게 쳐야 연습한 거라고 우기던 엄마, 자꾸 틀리는 구구단을 하룻밤 만에 외우라며 끝없이 '다시!'를 외치던 엄마…. 끝이 없다.

하긴 한창 젊은 시절엔 그렇게 빡빡하고 엄격한 구석이 있었다. 과거를 세탁하고 싶은데 마음대로 안 된다. 앞으로 나쁜 기억을 지워버리는 약이 발명되기만 바랄 뿐.

거기서 끝이면 다행인데 이젠 아예 나의 무심한 성격까지 공격하기에 이른다. 알뜰살뜰 보살펴 주는 엄마가 되고 싶어서 직장도 안 다녔다더니 정작 비가 주룩주룩 오는 날에도 학교에 우산 한 번 가져다준 적이 없단다. 집에 와보면 동네 엄마 사이에서 낄낄거리던 엄마가 생쥐처럼 비 맞고 들어서는 자기를 보고 오히려 '밖에 비 오냐?'고 놀래기 일쑤였다고. 미안해하기는커녕 금방 또 '괜찮아 그깟 비 좀 맞는다고 안 죽어!'라면서 넘겨버린단다.

한 소리 끝나기 무섭게 또 한 놈이 거든다. 엄마는 아직도 자기가 오이 안 먹는 걸 모르고 매번 그걸 넣은 '사라다빵'을 만들어 준다며. 맞아, 맞아. 킬킬. 이럴 땐 두 놈의 쿵짝이 어찌 그리 잘 맞는지.

내 표정은 이쯤에서 슬슬 굳어진다. 좋은 소리도 한두 번인데

전업주부는 언제 은퇴해요?

모여 앉을 때마다 이 엄마의 표리부동함에 대해 저희가 당했던 사연을 구구절절 읊어대니 울컥 섭섭하지 뭔가. 쌩하니 차가워지는 나의 기색을 느꼈는지 아이들이 금방 화제를 전환하며 능치기 시작한다. 아이고, 엄마 왜 그래. 엄마는 우리가 세상에서 가장 존경하는 아줌마라니까. 그러고선 감사와 덕담을 디저트 삼아 서둘러 성토대회를 마무리한다. 어린아이 취급을 받는 거 같아서 되려 기분만 더 꿀꿀.

　괘씸해서 씩씩대다 혼자 픽 웃어버렸다. 젊을 때 내가 엄마에게 똑같이 그랬던 거 같아서. 그땐 은퇴한 엄마를 붙들고 다섯 자식이 번갈아 가며 그리 떠들어댔으니 엄마가 얼마나 기가 막혔을까. 당하고 나니 이제야 엄마 마음이 보인다. 엄마, 미안해요!

집이
되어 주려던 거야

　나가 놀라고 노래를 불러도 집에서만 뒹굴던 '집돌이' 막내가 대학 기숙사에 들어가면서 누나보다 훨씬 일찍 독립했다. 남들은 팔자 편해진 거라며 축하해 주지만 그걸 알면서도 내심 짠하고 서운한 마음이 드는 건 또 어쩔 수 없다.

　그런 아이가 몇 달 만에 겨우 이박삼일 짬을 내어 온다니 예전처럼 '오면 오는 거지' 정도로 심드렁할 수는 없었다. 곧바로 스케줄부터 확인했다. 마침 그 주말에 아무 일이 없어서 혼자 여행을 떠나볼까 벼르던 기간. 아직 예약도 안 했고 아무에게도 발설하지 않았으나, 아들이 온다는 전화 한 통으로 그 여행은 흐지부지 물 건너갔다.

　같이 사는 남편과 딸이 차별한다고 서운해할까 조심하면서도 무슨 큰 손님이나 맞이하는 사람처럼 수선을 떤다. 오이소박이와 물김치를 담고 시장 가서 바리바리 먹을 것도 사다가 냉장고

전업주부는 언제 은퇴해요?

에 쟁여두었다. 머리로는 안다. 이런 짓이 아무 소용 없다는 걸. 시간만 나면 제 방에 틀어박혀 자다가 친구 만나기도 바쁠 테니까. 와 있는 동안 네 식구가 한 끼나 같이 먹을 수 있을까 말까다. 그걸 알면서도 기어이 미련을 떤다.

엄마 은퇴식까지 한 사람이 왜 그렇게 집안일에 매어 안달이냐고 놀림도 받는다. 하지만 아직도 누구에겐가 나의 존재가 온전히 '집(home)'으로 기억되는 한, 되도록 그 감정을 오래도록 누리게 해 주고 싶은 거다. 그건 아무나 해 줄 수 없는 나만의 특권이니까. 아직 마음껏 어리광 부릴 너의 집이 건재하다는 걸 보여 주는 것으로 그 아이를 응원해 주고 싶은 거다.

친구들도 비슷한 심정인지 만나서 하는 이야기가 엇비슷하다. 취직 안 되고, 결혼 어렵고, 육아는 더 힘들다는 자식들과, 늙고 병들어 아프고 외롭다는 부모 사이에 끼어 있는 중년의 엄마들은 대충 세 종류의 하소연을 한다. 그런 가족에게 큰 힘이 되지 못해 심란하다는 것, 끝없이 도와주려니 화가 난다는 것, 옛날만 못한 체력에 무리해서 여기저기 아프다는 것. '내 코가 석 자'라면서도 가족에게 마음껏 해 주지 못하는 현실이 제일 힘든가 보다.

그렇게 한참 동안 '됐어, 됐어. 이제 오지랖 그만 떨고 네 건강이나 챙겨.'라는 소리를 후렴구처럼 넣어 주는 친구들과 사는 이야기를 나누면서 실컷 웃고 떠들다 돌아왔다. 미진했던 마음이 잠시나마 후련해졌다.

　하긴 우리 모두 지금까지 이렇게 누군가의 집이 되어 주려는 마음으로 살아온 거 같다. 삶이 어둡고 힘들 때라도, 환하게 맞아 주며 편히 쉬게 할 수 있는 그런 보금자리로. 그런 목표마저 시한 만료가 됐다. 욕심 부리지 말고 나부터 잘 돌봐야 할 나이가 되었으니까. 알면서도 은근히 허전하다.

뭉툭한
대화

〈엄마 경력으로 자기 일을 만든 선배 주부〉라는 제목으로 당사자 연구를 진행해 본 적이 있다. 『아이가 최고의 스승이었다』라는 책을 공동 저술하기도 했다. 그 작업을 하는 내내 스스로에게 물었다. 엄마로 살아오며 얻게 된 진짜 능력이 무엇인지, 왜 아이가 내 인생의 스승이라고 하는지.

가장 먼저 떠오른 답은 뜻밖에도 '허물어지는 능력'이었다. 능력이라는 말과는 거리가 있어 보이지만, 사실은 오랜 시간 수많은 갈등과 타협을 반복하면서 얻어진 결과다. 이로부터 상생의 첫걸음이 시작되었다고 볼 수 있다.

그 바탕 위에 가장 크게 확장된 능력은 대화 기술이다. 심지어 밥을 짓는 수고조차, 더 좋은 대화 분위기를 만들기 위한 수단으로 생각할 정도였으니까. 때때로 김징이 넘쳐 위험 수위에 이르기도 했지만, 대화 중에 새로운 시각을 갖게 되는 일이 적지 않았다. 자유로운 토론 속에서 서로 다른 생각을 접하다 보면, 틀에 박혔던 내 관점도 조금씩 느슨해졌다.

    요즘은 성인 자식들과 일상적인 수다를 떠는 게 무척이나 즐 겁다. 때때로 대화의 방식, 해석, 맥락을 두고 정면충돌하기도 하지만. 얼마 전 주말, 아들과 나눈 대화가 그랬다. 늦은 아침을 먹다 문득 친정엄마 생각이 났다. 평소 주말이면 늘 반찬을 챙 겨 찾아뵙곤 했는데, 그날엔 아들이 집에 온다길래 움직이지 못 한 게 은근 마음이 쓰였다. 그래서 아들에게 곧장 "할머니께 안 부 전화 좀 드려라"고 하려다가, 재미로 이렇게 말을 꺼냈다.

    "아들아, 퀴즈 하나 내볼게. 주말엔 대부분 외할머니 뵈러 가 는 날인데, 오늘은 너랑 있느라고 못 뵈러 갔어. 내가 지금 '할 머니가 엄마 왜 안 오나 궁금해하시겠네'라고 하면, 넌 그 속뜻 을 짐작할 수 있겠니?"

    아들은 황당한 표정을 지었다. "그게 무슨 소리야?" '나 때문 에 못 갔다는 핑계를 대는 거냐?'고 오히려 불쾌해했다. 반면 나는 '궁금증도 풀어드릴 겸 엄마를 대신해 할머니께 안부 전화 좀 해 봐' 하는 소리로 알아듣길 기대했다. 이 생각 차이가 결 국 그날 가족 전체의 토론 주제가 됐다. 식탁에 모인 남편과 딸 까지 소환되어, 각자의 해석을 놓고 2 대 2의 공방이 벌어졌다. 딸은 내 의도를 단번에 알아차렸지만, 남편과 아들은 전혀 이해 하지 못했다.

이런 남자들과 한집에서 대화를 주고받으며 삼십 년이나 살아온 게 참말로 기적이다. 여태 내용의 반은 무슨 소리인지 알아듣지도 못하면서 그냥저냥 지나갔을 테니까. 아들은 신세대라 조금 나을 줄 알았는데 실망이었다. 정말 내 화법이 그렇게 이상한 걸까? 남편은 그간 쌓인 억울함이 많았던지, 쉬운 말을 두고 어렵게 돌려 말하는 아내를 마치 악당처럼 몰아간다. 관계에 집착하는 사람들이 늘 이런 식으로 듣기 좋게만 에둘러 말하고 못 알아들은 사람에게만 뒤집어씌운다나.

관계 집착까지는 아니지만 서로 기분 상하지 않기 위해, 나는 종종 이런 식으로 할 말을 돌려 하는 버릇이 있긴 하다. 내 딴에는 군대 명령어처럼 들릴까 봐 배려하는 마음이었는데 그런 충정을 몰라주니 얼마나 억울한지. 어쨌든 그날의 결론은 '그렇게 빙빙 돌리지 말고, 원하는 게 있으면 그냥 정확하게 말해라'는 거다. 사려 깊게 돌려 말하는 내 대화 습관이 오히려 소통을 방해한다면서.

그날 이후로 될수록 명료한 명령어로 의사 전달을 하려고 노력하고 있다. "언제, 어디에서, 무엇을 해내라"는 식의 직설적인 대화법으로. 막상 해 보니 이 재미도 쏠쏠하나. 애매한 화법으로 생길 수 있는 오해도 많이 줄었다. 대신 수채화같이 하늘거렸던 일상 대화는 조금씩 사라지는 느낌. 그래서였을까? 남편은 요새 나를 '장군님'이라고 부르기 시작했다. 여성스러움이란 눈을 씻고 찾아봐도 없다면서.

사려 깊게 두루뭉수리 신경을 써 주니 애매해서 못 알아듣는 대고, 간단명료하게 직설적으로 메시지만 전달하니 집안 분위기가 군대처럼 딱딱해졌다는 불만이라니. 아니, 이런 아저씨들. 도대체 제가 어디까지 허물어져야 속이 시원하시겠습니까, 네에?

동전의
양면

엄마는 정년퇴직 후에도 여전히 바깥세상 일로 바쁘셨다. 동료, 후배, 제자들과의 정기 모임과 끝없이 이어지는 경조사까지. 팔순 나이에 어울리지 않는 빼곡한 일정은 염려되지만, 사회 활동이 곧 삶의 동력이라는 걸 알기에 말리기도 어려웠다.

한 번 일을 맡으면 끝까지, 완벽하게 마무리해야 직성이 풀리는 엄마는 집안일도 대충 남에게 넘기질 못한다. 모든 게 자기 방식대로 정리돼 있어야 비로소 마음이 놓이는 편. 그런 와중에 유일하게 마음대로 되지 않는 대상이 평생의 반려자인 아버지였을 거라 생각하니 절로 웃음이 난다.

그랬던 엄마가 얼마 전 처음으로 심각하게 우리에게 도움을 요청했다. '자식 중 하나가 근처로 이사 왔으면 좋겠다'고. 두 분만 지내는 게 점점 벅차다는 신호를 보내신 것이다. 뭐든 스마트폰이나 인터넷으로 해결해야 하는 시대니, 도시에서 사는 노인의 삶은 점점 더 복잡하고 어려워질 수밖에. 나 역시 그 문제로 매일같이 애를 먹고 있으니 한 세대 앞선 엄마는 오죽하랴.

흩어져 사는 다섯 자식이 비상 회의를 했다. 누구도 엄마 말처럼 선뜻 이사 올 수 있는 처지가 아니다. 결국엔 일주일에 한두 번 도우미를 구해 보자는 쪽으로 의견을 모았다. 결정 사항을 전하니 단번에 거절하신다.

'낯선 사람에게 일상을 침해당하긴 싫고, 가족처럼 언제든 활용할 일손이 근처에 있어 달라'는 엄마의 소망은, 마치 동전의 양면과 같아 좀처럼 해결하기 어려웠다. 옛날엔 효도라는 명목으로 아들 며느리가 그런 구멍을 메웠으나 요즘엔 꿈도 꾸기 어려운 욕심이다. 우리는 결국에 아무 일도 벌이지 않고 넘어가기로 했다. 그냥 지금보다 좀 더 자주 들여다보고 자식 나타날 때마다 뭔가 답답한 일이 '해결'되는 느낌을 드리자는 쪽으로만 의견을 모았다. 엄마의 모순된 요구를 둘 다 채울 방법이 없었으니까.

그런데, 얼마 지나지 않아 똑같은 상황이 내게도 찾아왔다. 주말 아침, 나 혼자 식사 준비를 하다 말고 아이들을 부엌으로 불러들였다. "얘들아, 엄마가 손이 두 개밖에 없는데 매번 우리 네 명이 먹을 밥상을 동시에 차리려니 너무 힘들다. 이제부터 하나씩 맡아서 도와라." 아들에게 수저와 물을 놓게 하고, 딸에게는 주방 보조를 부탁했다.

맡긴다고 하면서 나는 옆에서 계속 잔소리를 늘어놓았다. 소금을 왜 그리 야금야금 한도 없이 넣느냐, 가스불을 키워서 빠르게 끓여라, 이래라저래라…. 결국 조용히 거들던 딸의 불평이 터졌다. "엄마는 결국 엄마 방식대로 해야 되잖아. 나한테 맡긴다면서 왜 계속 간섭해? 그러니 결국 엄마 혼자 하게 되는 거야. 나 이제부터 안 도와줄래."

순간, 정신이 번쩍 들었다. 어디서 많이 보던 레퍼토리다. 도움은 필요하나 내 마음대로 해야 직성이 풀리는 건 우리 엄마만의 모습이 아니었던 거다. 머리를 한 대 맞은 기분이었다. 엄마 흉볼 일이 하나도 없다. 알지만, 오늘부터 달라질 수 있을지 자신이 없다. 곰곰 생각해 봐야겠다. 동전의 앞면을 고를지 뒷면을 고를지를.

나이 들며 생기는 스트레스가 이렇게 하나를 원하면서도 그 반대를 내려놓지 못하는 데서 오는 것이구나 생각하니 여간 씁쓸한 게 아니다. 나이 드는 건, 그만큼 더 도를 닦으라는 신호인가 보다.

눈여김

며칠 전, 미술대학원에 다니는 딸아이가 SNS에 올린 글을 엿보다가 한 문장에 오래 머물렀다. "좋은 선생님이란, 나의 잠재력을 믿어 주고, 내 작업을 좋아해 주며, 눈여겨봐 주는 사람"이라는 구절이었다. 자신의 그림 작업을 설명하고 교수로부터 날카로운 질문을 받아야 하는 '크리틱' 시간 직후에 쓴 글이라 그런지, 문장마다 감정의 결이 고스란히 전해졌다. 긴장과 불안 속에서도 성장하고자 애쓰는 여린 마음이 짠했다.

예술가의 길은 어쩌면 고독한 항해와 같은 건지도 모른다. 자기만의 세계를 만들기까지 외로운 시간을 버텨내야 하니까. 그럴 때 같은 길을 먼저 걸은 선배나 선생님이 보내는 눈빛은, 칭찬이든 질책이든 크게 다가올 수밖에 없다. 그중에도 특히 내 작업을 좋아하고, 궁금해하고, 따뜻하게 지켜보는 누군가가 있다는 건 얼마나 든든한 위로일까. 그런 관계가 형성된 후에 받게 되는 질책과 조언은, 매가 아니라 약이 된다.

　나도 역시 그렇게 나를 믿어 주고 좋아해 주는 사람들 덕분에 잘 자랄 수 있었다. 하지만 딸아이의 '눈여겨봐 주는'이라는 표현 앞에서는 머뭇거리게 된다. 우리는 콩나물시루 같은 교실에서 배우고, 여러 형제 틈에서 자랐다. 먹고살기 급급하던 시절, 선생님도, 부모님도 아이를 하나하나 눈여겨볼 여유가 없었다. 오죽하면 '너를 믿는다'는 말을 다정한 응원이라기보다는 '혼자 뭐든 알아서 잘해라'라는 무언의 압박처럼 느꼈을까. 그만큼 자식들의 일상과 의견을 관찰하고 있을 여유가 없었다. 그래서 우리 모두 그런 눈여김이 고팠던 것 같다. 알게 모르게 애정 결핍을 느낄 만큼.

　딸아이의 한마디가 나를 돌아보게 했다. 나도 그런 시절을 지나며 컸기에 자녀 교육 방법 역시 부모님으로부터 배운 셈이다. 자식에게는 언제나, 어떻게 살아야 하는지 성실하게 보여 주는 모범이 되려고만 애썼다. 어려움을 극복하는 단단한 모습으로, 세상을 잘 살아내는 어른의 얼굴로만 사는. 그렇게 음으로 양으로 물려받은 선생 유전자가 때마다 열일을 한다. 나도 모르게 언제나 교훈적인 삶을 보여 주려는 쪽으로.

　하지만 진짜 좋은 어른은 그런 삶을 보여 주는 것뿐 아니라, 말없이 아이를 눈여겨봐 주는 사람이라는 걸 깨닫는다. 존경받을 만한 삶으로 열심히 살아 내는 것만이 아니라, 사랑하는 존재를 어여삐 여기며 말없이 눈여겨 지켜봐 주는 마음. 그것이야말로 내가 어릴 때 고팠던 사랑이었고, 또 내가 아이에게 진짜로 느끼게 해 줘야 할 사랑의 모습인 거 같다.

　아직도 더 나은 방법으로 사랑을 전하기 위해 새롭게 다짐하는 나. 죽을 때까지 완벽할 수는 없겠지만, 그런 와중에 조금이라도 더 이 엄마의 사랑이 그 마음에 편안히 가서 닿기를.

여행을 떠나는
마지막 핑계

『엄마 난중일기』를 쓴 뒤부터 엄마들을 만날 기회가 특히 많았다. 그들도 역시 여행을 꿈꾸더라. 처음엔 내가 여행작가라고 소개해서 그런가 싶었는데 아니었다. 그들은 저마다 갖가지 이유로 부지런히 여행을 떠나고 있었다. 이참에 '엄마가 여행을 떠나는 서른한 가지 핑계'라는 책을 다시 내볼까 싶을 정도였다. 이미 여행작가들과『여행을 떠나는 서른한 가지 핑계』를 출간한 적이 있으니까.

하긴 신혼여행으로부터 시작해서 부부여행, 태교여행, 가족여행, 교육여행까지 무궁무진 많긴 하다. 내 경우만 보아도 그랬다. 아이들에게는 오히려 만만한 앞동산이 더 좋을 텐데 갖은 핑계를 붙여가며 사방팔방 여행을 다녔다. 아이들의 문화적 식견을 넓히겠다는 핑계로 냉승시나 역사적인 도시를 찾아가기도 했다. 그때는 아이들을 위한다고 생각했는데, 나중에 보니 다 내가 가고 싶어서 떠났지 싶다.

오십 줄에 들어선 엄마들은 또 다른 이유로 여행을 떠난다. 당장 돌봐야 할 아이들이 없다는 해방감과 언제 다시 손주나 어르신을 돌보느라 꼼짝 못 할 수도 있다는 위기감 사이에서 웬만한 여행작가 무색할 정도로 여행을 다닌다. 집에만 있던 엄마는 그게 갑갑해 친구들과 떠나고, 은퇴한 엄마는 얽매인 직장에서 벗어난 해방감에 떠난다. 가정을 이루고 사는 엄마들에게 집이란 어쨌든 끊임없이 일거리가 생산되는 작업장과도 같으니까. 은연중 집이라는 장소를 떠나야만 진정한 쉼을 느끼나 보다.

젊은 나이에 홀로 자식을 키우던 한 엄마는 아이들이 독립하자마자 생업을 내려놓고 여행만 다녔다고 한다. 어떤 엄마는 시집살이 울화를 꾹꾹 참다가 갱년기 화병이 되고 나서야 매일같이 새벽에 집을 나서 종일 쏘다녔단다. 그렇게 육 개월 만에 겨우 제정신으로 돌아왔다면서.

나는 원래 사람의 폭을 넓혀주는 데는 여행만 한 게 없다고 생각하는 사람이라, 어떤 핑계를 대서라도 각자 홀연히 떠나는 것에 매우 찬성하는 쪽이다. 우리 시대 여자들은 젊을 때는 아가씨라 위험하다고 말리고, 결혼하고는 아이 엄마가 어딜 나다니냐고 해서 못 다녔으니까. 여기서 더 미적거리다간 건강마저 따라주지 않을 때가 온다. 갈까 말까 망설일 땐 무조건 떠나는 게 답이라고 하지 않나. 언제 또다시 그럴 기회가 올지 모르니까.

전업주부는 언제 은퇴해요?

그렇게 엄마들의 다양한 일상 탈출을 핑계 목록으로 헤아려 보고 있던 어느 날, 친정엄마에게서 전화가 왔다. 엄마는 자타가 공인하는 건강 체질이다. 여든 넘은 후부터는 한 해가 달라진다고 하시지만, 여전히 또래의 친구들보다 훨씬 씩씩하다. 평생 바쁘게 사신 분이어서 그런지, 종일 집안에 늘어져 있는 걸 제일 못 견딘다. 늘 빡빡한 스케줄을 만들어 사방을 돌아다녀야 살아 있다고 느끼는 모양이다. 자식으로서는 다행이랄 수밖에.

  그런 엄마가 몇 년째 아프다 일어서기를 반복하더니 마침내 전화로 그러신다. 친구분 아들이 전라도 요양병원에 의사로 있다니까, 일주일이나 이주일 그 친구와 여행도 할 겸 따라가 거기 병원에서 지내다 오고 싶다고. 여기저기 아픈 곳은 많아지는데 정신없이 바쁜 시내 병원에서는 노환이라고, 자세히 듣지도 않고 고쳐줄 생각도 없는 거 같아서 영 야속했던 모양이다.
  "집에만 있으니 매일 해야 하는 집안일과 삼시 세끼 먹고 치우는 것만도 큰일이더라. 이번에 친구 따라가서 일주일만이라도 내 몸만 돌보며 좀 쉬다 올래. 그래야 건강 상태가 조금 안정될 거 같아. 요즘은 네 아버지도 혼자 잘하시니 그리 염려 말아라. 바쁘겠지만 시간 나는 대로 잠깐씩만 들여다봐 줘!"
  붙잡지 못했다. 중년인 나도 남이 해 주는 밥 먹으며 며칠만 온전히 쉬고 싶은 마음이 이렇게 굴뚝인데, 온몸이 뼈근지근 늙어가는 엄마는 오죽하랴 싶어서.

매일 찾아오는 세 번의 끼니 준비가 얼마나 귀찮고 고되셨을
까. 직장 은퇴와 동시에 또다시 부엌으로 재취직해야 했던 엄
마의 평생 노동을 생각하니 안타깝기 그지없다. 어느새 지팡이
가 필요한 나이인데도, 자식들은 바쁘다는 핑계로 두 분이 알아
서 지내길 바라니, 잠깐이라도 어디론가 떠나 있고 싶으셨을 거
다. 전화 끊고 마음이 짠해져 앉아 있다가 문득 그런 생각이 들
었다. 이런 사연이 어쩌면 엄마가 여행을 떠나는 마지막 핑계일
거 같다는.

§

그런 세월 끝에 엄마는 이제 영영 돌아올 수 없는 곳으로 가
셨다. 부디 거기에서는 아무 핑계도 필요 없이, 하루 세끼를 걱
정하지 않으면서, 진짜 쉼을 누리며 자유로우시길 바랄 뿐이
다. 그때는 미처 몰랐지만, 지금 생각하면 그런 핑계가 엄마에
게는 아주 오랜 머뭇거림 끝에 자신만의 시간을 내기 위한 최후
의 방법이 아니었을까 싶기도 하다. 그런 심중을 가늠하며, 이
제라도 엄마에게 뒤늦은 사랑을 보낸다.

더불어 가족 건사하느라 집안에서 늘 뒷전에만 머무는 엄마
들이 있다면, 어떤 핑계를 대서라도 기어이 한 번쯤 홀연히 떠

전업주부는 언제 은퇴해요?

나보길 권한다. 나비처럼 훨훨.

여정 끝에서
웃으며 만나길

한참 사춘기 아이들을 키우던 시절, 몇몇 엄마들과 함께 각자의 육아 경험을 책으로 엮어 보자는 제안이 있었다. 출판 시장을 들여다보니 불황 속에서도 꾸준히 팔리는 분야가 자녀 교육서였다. 나 역시 그 시기에는 자식 교육이 늘 가장 큰 화두였다.

엄마들이 내린 결론은 놀라울 만큼 비슷했다. 아무리 애를 써도 아이들은 결국 자기 생긴 대로 자란다는 것. 남의 말에 휘둘려 조바심 내기보다, 묵묵히 기다려 주며 스스로 자랄 시간을 믿어 주는 수밖에 없다는 의견이었다. 여기에 조금이라도 좋은 영향을 더하고 싶다면, 부모가 자기 삶을 제법 잘 살아 내는 모습을 보여 주는 것이 가장 현실적인 조언이라는 데도 모두가 동의했다.

결국 엄마가 먼저 자신의 삶을 가꾸며 행복해지는 것이 출발점이다. 모성은 나와 자식을 동일시하는 자기애가 아니라, 돌봄

이 필요한 약자를 향해 자연스레 흘러가는 연민과 다정함이다. 그 감정을 잘 정리해 아이와의 건강한 거리감을 유지해야 한다. 꾸준히 자신을 성찰하며, 아이의 성장에 맞춰 엄마의 보폭도 조절할 줄 알아야 한다. 오랜 시간 자녀에게 쏟아붓던 관심과 에너지를 조금씩 되돌려 '혼자 놀 수 있는 마음의 화단'을 따로 가꾸어 보자. 수명이 길어질수록 육아 기간은 상대적으로 짧아지고, 자식과 친구처럼 지내야 할 생애주기는 점점 더 길어지고 있으니까.

이제 '어떻게 살아야 행복해질까?'라는 질문에 당신 스스로 답을 찾을 차례다. 혹시 도움이 될까 싶어, 나의 경험으로 얻은 자기 돌봄 방법을 정리해 본다.

첫째, 나만의 고유성을 발견한다.

가정에서 맡은 역할을 돌아보고, 그 역할을 조금 더 나답게 확장할 방법을 고민해 보자. 모든 것을 잘할 필요는 없다. 내가 잘하는 것, 관심 있는 일을 살려 나만의 영역을 만들어 가면 된다. 사회활동이든, 취미든, 공부든 형식은 중요하지 않다. 한동안 미뤄두있던 나의 욕망을 위해 지금부터라도 작고 현실석인 한 걸음을 시작해 보자.

둘째, 나를 위한 시간을 확보한다.

가족을 위해 사는 것도 좋지만, 결국 내 삶은 남의 것이 아니다. 좋아하는 책을 읽고, 산책을 하고, 친구를 만나고, 때로는 혼자만의 시간을 기꺼이 누릴 줄 아는 사람이 되어 보자. 충분히 쉬고 충전해야 비로소 타인에게도 좋은 에너지를 줄 수 있다.

셋째, 사회와의 연결을 유지한다.

엄마 역할에만 매달리다 보면 세상과의 연결이 쉽게 끊어진다. 하지만 누구에게나 자기 이름으로 세상과 이어지는 통로가 필요하다. 반드시 경제 활동일 필요도 없다. 모임·커뮤니티·봉사 등 어떤 방식이든 나를 세상과 자연스럽게 이어 주는 장치를 하나쯤 마련하자. 비슷한 목표를 가진 사람들과 나누는 이야기만으로도 새로운 시각과 활력을 얻을 수 있다.

마지막으로, 내 삶의 주인공은 나 자신임을 잊지 말자.

우리는 흔히 "아이만 잘 크면 돼."라고 말한다. 하지만 아이가 잘 크기 위해서는 엄마가 먼저 자신의 삶을 잘 살아야 한다. 스스로 행복해지기 위해 애쓰는 태도, 그것이야말로 아이에게 물려줄 수 있는 가장 큰 유산이다.

삶이 버거울 때마다 스스로에게 물어보자.

"내가 정말 원하는 것은 무엇일까?"

"내 삶을 조금 더 즐겁게 만들 방법은 없을까?"

나는 그 답을 찾기 위해 글을 썼고, 삶을 즐겁게 만드는 법을

전업주부는 언제 은퇴해요?

알아내기 위해 직접 부딪혀 가며 다양한 실험을 했다. 세상에는 나보다 훨씬 지혜롭고 재기 넘치는 방식으로 삶을 꾸리는 엄마들도 많을 것이다. 그 무용담을 들려줄 당신에게 미리 뜨거운 응원을 보낸다.

언젠가 그 길 끝에서 웃으며 만나길 고대하며.